Hermann Lotze

Ueber Bedingungen der Kunstschönheit

Anatiposi

Hermann Lotze

Ueber Bedingungen der Kunstschönheit

Unveränderter Nachdruck der Originalausgabe von 1847.

1. Auflage 2023 | ISBN: 978-3-38260-036-5

Anatiposi Verlag ist ein Imprint der Outlook Verlagsgesellschaft mbH.

Verlag: Outlook Verlag GmbH, Zeilweg 44, 60439 Frankfurt, Deutschland
Vertretungsberechtigt: E. Roepke, Zeilweg 44, 60439 Frankfurt, Deutschland
Druck: Books on Demand GmbH, In de Tarpen 42, 22848 Norderstedt, Deutschland

Ueber

BEDINGUNGEN DER KUNSTSCHÖNHEIT.

Von

HERMANN LOTZE.

Abgedruckt aus den Göttinger Studien. 1847.

Göttingen

bei Vandenhoeck und Ruprecht.

1847.

Ueber

Bedingungen der Kunstschönheit.

Von

Hermann Lotze.

I.

Die mannigfaltigsten Mittel, dem gesammten Gebiete der
äussern Schöpfung entlehnt, finden wir in dem weiten Reiche der Kunst zu lebendigen Gebilden verbunden, deren
Eindruck unser Gemüth dennoch zu sehr verwandten Er-
schütterungen aufzuregen weiss. Wie verschieden gestaltet
daher auch der Stoff sein mag, in welchem die Künste ihre
Urbilder der Schönheit ausprägen, und wie abweichend die
Verfahrungsweisen, zu denen die Natur dieser Mittel sie
nöthigt, dennoch müssen sich in ihnen gewisse gemeinschaftliche Grundzüge des Schaffens vorfinden, auf deren
Vorhandensein die erregende Kraft ihrer Darstellungen beruht.

Aber indem wir den Entschluss fassen, sie aufzusuchen, werden wir durch die so oft wiederholte Behauptung
verschüchtert, dass vor jeder Zergliederung der schönen Erscheinung ihr wahrer und innigster Werth sich verflüchtige,
und dass der ungeschickten Hand nur die zerstreuten Bruchstücke eines Ganzen nachbleiben, die kein mühseliges Nach-

denken wieder zu beleben vermöge. Wir könnten es vielleicht darauf hin wagen und erproben, ob die einfachen und unscheinbaren Grundsätze, deren Darstellung das Folgende gewidmet sein soll, wirklich so gänzlich jenen Genuss zerstören und ob nicht vielmehr auch auf ihnen ein schwacher Nachglanz wenigstens des Schönen werde haften bleiben. Allein es ist nicht nöthig, uns der Gefahr dieses Versuches auszusetzen, dessen unerwünschter Ausgang leicht die Bestrebungen verdächtigen könnte, deren Misslingen nur unserm Unvermögen zur Last gelegt werden dürfte.

Wir geben vielmehr sogleich zu, dass unsere Betrachtungen nicht das Schönste der Schönheit, wenn auch wesentliche Gründe und Bedingungen derselben berühren werden. Die reizendste menschliche Gestalt trägt ihr Knochengerüst in sich; und ob wir gleich dem Versuche entsagen müssen, die feine Schönheit und Anmuth der äusseren Umrisse, diese ganze Zartheit der Incarnation anders, als in hingebender Bewunderung zu begreifen, so können wir doch in den grösseren und beständigeren Verhältnissen des Knochenbaues wenigstens die Anordnung der dienenden Mittel beobachten, die der unberechenbaren Lieblichkeit des Ganzen Festigkeit und haltbare Grundlagen gewähren. Wie oft sehen wir nicht, dass die artige Fülle und die reizende Färbung, mit denen die Gesundheit jugendliche Körper überkleidet, durch die Angriffe der Zeit bis zu trostloser Unbedeutendheit verschwindet, wo nicht ausdrucksvolle und edle Knochenformen die hinfällige Zierlichkeit der Jugend ersetzen. Und so können wir von jeder Erscheinung behaupten, dass sie zwar durch mannigfachen Schmuck reizend, aber schön erst dann sein werde, wenn hinter der Weichheit und dem farbigen Glanze ihrer Umrisse sich jenes an sich harte und starre Gerüst strenger Gesetzlichkeit entdecken lässt, das doch für den Anblick so sanft in diese Umrisse sich auflöst.

Ihm nun werden unsere Betrachtungen gelten; wenn aber die Bestrebung, sich auf die gleichartigen Züge zu besinnen, durch welche Kunstwerke der verschiedensten Gattung an derselben und Einen Schönheit Theil nehmen, an sich keine Entschuldigung bedarf, so hat sie noch ausserdem eine Seite nützlicher Anwendung. Man pflegt wohl jetzt mit einer gewissen Aengstlichkeit sich vor dem Verdachte zu verwahren, als hielte man eine wissenschaftliche Betrachtung des Schönen für fähig, der ausübenden Kunst Regeln zu geben. Wir theilen diese Furchtsamkeit nicht. Der eigentlich neue Gedanke zwar, der den Künstler zur Schöpfung eines Werkes treibt, wird nie der Gegenstand einer wissenschaftlichen Ausklügelung sein; aber viele Gedanken würden im Alterthum wie in unserer Zeit nicht gefasst, oder flüchtig gefasst schnell wieder aufgegeben worden sein, hätte man ihren Anspruch auf Schönheit nicht nach überlieferten Mustern von selbst schwankendem Werthe und einem sklavisch an ihnen gebildeten Geschmacke beurtheilt, sondern sich gefragt, welche Forderungen an die Schönheit ein unbefangenes Gemüth stellen muss, das durch Rohheit eben so wenig verdüstert, als durch die irrende Geschichte der Kunst verbildet ist. Aber eben indem wir uns auf ein unbefangenes Gemüth berufen, scheinen wir da nicht zuzugestehen, dass in ihm für die Beurtheilung der Schönheit die eigentliche Quelle entspringe, deren Ergiebigkeit die Wissenschaft nichts hinzufügen könne? Wir fragen dagegen, ob denn die Wissenschaft ein fernes und fremdes Gewitter sei, das in unbekannten Gegenden des Himmels sich düster zusammenzieht, um wüst und gleichgültig über die Keime daherzufahren, die das Gemüth in sich getrieben hat? Was ist sie vielmehr anders, als eine aufrichtige Verständigung unsers sinnenden Gefühls über sich selbst und über die Gedanken, die aus ihm und aus keinem andern Grunde erwuchsen; was soll sie anders thun, als diese Gefühle in Erkenntniss umwandeln, damit sie, nun nicht mehr beschränktes Eigenthum des einzelnen Gemüths, sondern über allen Wechsel der Stimmung erhobene Wahr-

heiten, sich besser gegen die Zudringlichkeit schützen mögen mit der Gewohnheit, Ueberlieferung der Kunstgeschichte,
Geschmack des Zeitalters und vielfarbige Gattungen der Heu-
chelei unser unbefangenes Urtheil zu befangen suchen?

So wollen wir denn hier nichts anders thun, als dieser
Quelle unbefangenen Kunstsinns eine feste Fassung zu geben suchen, die ihre planlose Verschleuderung verhindert.
— Dass nun Untersuchungen dieser Art wenig zeitgemäss
sind, wer wüsste dies nicht? Frühere Tage beschäftigten
sich wohl mit der Frage, welchen Regeln ein Kunstwerk
genügen müsse, um schön zu sein, aber der trockene Ernst
dieser damals etwas erfolglosen Ueberlegungen hat sich längst
in die schalkhaften Verkröpfungen verloren, in denen die
Dialektik neuerer Kunstphilosophie, statt alte Räthsel zu lösen, ganz neue Gegenstände der Verwunderung geschaffen
hat. Manches ist indessen überhaupt nachzuholen, worüber
der hastige Schritt der letzten Entwicklung unserer Wissen-
schaften zu schnell hinweggegangen ist, und so wollen wir
uns denn auch diesen Rückschritt in einer Weise der Kunst-
betrachtung gefallen lassen, welche nicht die Schönheit ihres Gegenstandes durch die Begeisterung des noch tiefsin-
nigeren Redens darüber zu überbieten, sondern ihren Genuss an einfache Grundsätze des Wissens zu fesseln sucht.

Man kann mehrere Kreise von Bedingungen unterschei-
den, denen die Schönheit eines Kunstwerks genügen muss,
denn verschieden sind die auffassenden Thätigkeiten, mit
denen die Empfänglichkeit des Geistes ihm entgegenkommt,
und jede derselben muss es sich hüten zu verletzen. Jeder
schöne Gegenstand muss zunächst durch sinnliche Empfindungen sich in das Innere des Geistes einführen, und wenn
einige Künste weniger von dem unmittelbaren sinnlichen
Eindrucke abhängen als andere, so vereinigen sie mittelbar
nur um so mannigfaltigere Sinnesvorstellungen zu einer reichen inneren Bilderwelt der Erinnerung. Die Forderungen
indessen, die unsere körperlichen Sinne an die Schönheit

eines Kunstwerks stellen möchten, pflegen in unserer Zeit
eben so ungehört übergangen zu werden, als früher einseitige Ansichten mit Unrecht das Wesen der Schönheit in
eine Fähigkeit der Gegenstände setzten, dem Spiel unserer
Sinnesthätigkeiten angemessene Gelegenheit zu übendem Selbst-
genuss zu geben. Während die letzte Ansicht sich selbst
längst gerichtet hat, ist es vielleicht nicht undankbar, auf
die wirklich berechtigten Ansprüche der Sinnlichkeit hinzu-
weisen, deren weitläuftigere Begründung übrigens nicht in
der Absicht dieser Betrachtungen liegt. Denn es würde
eine eigene und umfänglichere Untersuchung bedürfen, zu
zeigen, wie alle jene Verhältnisse, alle jene dem Denken
zugänglichen Beziehungen, in welchen man den höchsten
Gehalt der Schönheit zu finden pflegt, ganz unverständlich
für uns wären, wenn nicht die einzelnen Empfindungen der
Sinnlichkeit uns die Beziehungspunkte und das wechselnde
Spiel unserer körperlichen Thätigkeiten den Sinn der Beziehungen selbst, die zwischen diesen Statt finden, zu einem
innerlich mitfühlenden Verständnisse brächten. Beschränken
wir uns jetzt auf einige wenige Andeutungen, so können
wir sogleich zweifelnd an den so oft vernommenen Satz
anknüpfen, dass nie das Einzelne und Einfache schön sei,
sondern nur das Zusammengesetzte die Schönheit durch ein
festes Mass seiner innerlichen Beziehungen erwerbe. Dies
ist vielleicht wahr, wenn man den Namen der Schönheit
auf das unaussprechlich Höchste beschränken will, aber es
ist grundlos zu meinen, dass der Eindruck einfacher Sinnesempfindungen von der höchsten Schönheit anders als der
Grösse des Gefühls nach verschieden sei. Wir springen
überhaupt zu schlecht mit dem Inhalte unserer Empfindungen um, weil wir seinen einfachen Zauber zu oft durch die
Verhältnisse gestört sehen, in die er zufällig geräth; und so
wie wir hässlichen Schmutz sehen, wenn der unvollkom-
mene Ueberblick eines zusammengewürfelten Haufens uns
die regelmässig gestaltenden Kräfte entgehen lässt, die seine

Theile beleben, so schätzen wir aus ähnlichen Gründen die Bedeutung aller unserer sinnlichen Empfindungen zu gering. Sehen wir doch, was aus der Welt werden würde, wenn wir uns ihrer entschlagen und nur mit dem reinen Gedanken die Ereignisse beobachten könnten. Eine Welt der Gestalten und der Bewegungen würde uns dann umfangen, aber weder Gestalt noch Bewegung würden unserer Erkenntniss das Innere der Dinge aufschliessen, oder uns jenen Naturgeist enthüllen, dessen Gegenwart wir sonst in jeder einzelnen Erscheinung, wie in der Gesammtheit der Ereignisse ahnend empfinden. Denn wenn vor dem Auge des reinen Gedankens einem allgemeinen Gesetze der Anziehung gehorsam, die Körper einer gemeinsamen Mitte selbstlos zustreben, oder wenn sie dem Zusammensinken in ein todtes Gleichgewicht durch den Drang einer ursprünglichen Geschwindigkeit entrissen, geschlossene Bahnen in rastlosen Bewegungen durchkreisen, was ist das Alles doch für den Gedanken? Für ihn, der jeder sinnlichen Empfindung ledig, nichts weiss von dem Gefühle der Anstrengung, die unsere Muskeln schwellt, oder von der Wonne der Ermüdung, in der der lebendige sinnliche Geist die Grösse und den Muth seiner früheren Bewegung nachgeniesst? Sicher, nur das, was sich selbst mühend und anstrengend bewegt, weiss was Bewegung ist; hätte die Natur der Kraft unsers Willens unsere Glieder widerstandslos dienstbar gemacht, so dass kein leises Gefühl der Last ihre Bewegungen begleitete, dann würden uns diese trotz aller zweckmässigen Verknüpfung doch ein so unverständliches Zucken sein, wie für jenen reinen Gedanken alle Bewegungen der äussern Welt. Die inneren geheimnissvollen Kämpfe des Suchens und Fliehens, die die Dinge durchbeben, können in der Erscheinung nur für den aufleuchten, der sie selbst vorher empfunden hat, und ohne dieses sinnliche Gefühl würden alle Bewegungen des Weltalls uns nur die Thatsache versinnlichen, dass jetzt etwas hier, nun aber dort sei: wie aber

würde dies die Kunst zu ihren Zwecken zu benutzen vermögen? Nun aber ferner die Gestalten, in deren Umrissen
unsere Anschauung unmittelbar das Innere verkörpert zu
erfassen wähnt, was sind sie für uns anders, als Denkmale
vergangener Geschichten? Jener Anziehungen und Abstos-
sungen nämlich, durch deren Gegenwirkungen ein immer
unbekannt bleibendes undurchsichtiges Inneres der Dinge gewisse äussere Grenzen der Ausdehnung feststellte, an denen unsere eindringende Kenntniss abgewiesen wird, schü-
tzende Schranken, über die hinein in das Wesen der Dinge
unsere Neugier nicht brechen soll? Gestehen wir zu, dass
auch von Gestalten der reine Gedanke wenig zu fassen
weiss. Wir, die sinnlichen Wesen, denen tausende kleiner
Empfindungen fortwährend den Umriss unsers Körpers und
die beweglichen Formen unserer Glieder anschaulich erhalten, und denen sie ausdeuten, welche Fülle von Spannkraft,
welche zarte Reizbarkeit oder geduldige Stärke, welche lieb-
liche Hinfälligkeit oder straffe Festigkeit in jedem einzelnen
Theile dieser Umrisse schlummert, wir wissen freilich durch
diese Hülfe der Sinnlichkeit begünstigt, auch die fremde
verschwiegene Gestalt zu verstehen. Und nicht allein in die
eigenthümlichen Lebensgefühle dessen dringen wir ein, was
an Art und Wesen uns nahe steht, in den fröhlichen Flug
des singenden Vogels, oder die zierliche Beweglichkeit der
Gazelle; wir ziehen nicht nur die Fühlfäden unsers Geistes
auf das Kleinste zusammen, um das engbegrenzte Dasein
eines Muschelthieres mitzuträumen und den seltsamen Genuss seiner einförmigen Oeffnungen und Schliessungen; wir
dehnen uns nicht nur mitschwellend in die schlanken Formen des Baumes aus, dessen feine Zweige die Lust anmu-
thigen Beugens und Schwebens beseelt; vielmehr selbst auf
das Unbelebte tragen wir diese ausdeutenden Gefühle über,
und verwandeln durch sie die todten Lasten und Stoffe der
Gebäude zu eben so vielen Gliedern eines lebendigen Leibes, dessen innere Bebungen in uns übergehen.

Kehren wir aber noch einmal zu jener unsinnlichen Welt zurück, vor deren verschlossenem Innern der reine Gedanke verlassen und rathlos steht. Die Gewalt des Stosses, welche die nachgiebige Luft oder das spröde Metall erschütterte, ändert nicht allein die sichtbare Lagerung der Dinge, sondern regt in ihrer Spannung eine innere fortschreitende Bebung an, die verloren für die Gestalt der sichtbaren Welt sich mit mannigfachen Abwandlungen durch die Umgebungen fortpflanzt, und bald an ihrem ausgedehnten Widerstande sich bricht. Aber einen sinnlichen Geist treffend vergeht sie nicht ganz, und als der erste volle und lebendige Hauch, der das inhaltslose todte Gerüst der Raumwelt durchweht, bricht der Klang hervor, die ortlose gestaltlose Seele der Natur, die endlich in ihrer einfachen Innerlichkeit ausspricht, was Gestalten und Bewegungen auszudrücken umsonst sich bemühten. In dem Tone der Stimme glauben wir nicht allein das Gemüth des Sprechenden unverschleiert zu erkennen, sondern das Wesen jeglichen Dinges spricht aus dem Klange, den wir ihm entlocken. Nicht mehr an der Kraft, die er ausübt, nicht an der Grösse seines Widerstandes gegen äussere Gewalten schätzen wir jetzt die Härte, die Dichtigkeit, die Sprödigkeit und Federkraft des Körpers; vielmehr in der Fülle der Klänge, in ihrer Weichheit oder Herbigkeit, in dem Schneidenden oder Abgerundeten und Feuchten des Schalles glauben wir erst zu fühlen, wess Geistes Kinder alle jene Eigenschaften sind, und welche wahrhafte Härte und Sprödigkeit, welche wahre Weichheit des Wesens und Daseins in der Welt sich hinter jenen äusserlichen Gestalten räumlich wirkender Kräfte verhüllt. Wir werden nicht lange im Stande sein, jene klang- und lichtlose Welt der Atome und der Bewegungen, wie sie der Naturforscher allein ausser uns bestehen lässt, für das wahrhaft Seiende zu halten, dem die ganze Pracht unserer Sinnlichkeit nur als verhüllender Schatten, als beschränkte Auffassung nachfolgte. Vielmehr wie die lebhaften Geberden von Gestalten, deren Stimme die Entfernung verschlingt, so scheinen uns die Bewegungen der Natur ein fruchtloses Umherwerfen der Anstrengung, bis es ihr gelingt, in der Seele ihre Sehnsucht und ihr Streben in dem vollen und farbigen Glanze der Sinnlichkeit auszudrücken. Wie wir indessen hierüber auch denken wollen, die Betrachtung der Schönheit wenigstens und der Kunst muss zugestehen, dass in den sinnlichen Empfindungen die erste und nicht geringe Offenbarung des schlummernden Geistes gegeben ist, in dessen Träume sich zu versenken sie so oft liebt. Und hiervon ist kein Sinn ausgenommen, obgleich nicht alle in gleicher Weise und mit gleicher Kraft dies Innere der Dinge verkündigen.

Während wir, Töne selbst erzeugend, auch in den vernommenen Mass und Grösse der Strebung wiedererkennen, die wir in sie gelegt, treten uns die farbigen Lichter anders zwar in dieser Beziehung entgegen, aber sie erwecken um so freundlicher in uns die Anerkennung einer fremden geheimnissvollen Realität, in deren Klarheit wir hineinsehen, ohne sie doch ergründen und nachschaffen zu können. Ungünstiger sind die andern Sinnesempfindungen gestellt, die für sich kein schönes Ganzes zu bilden vermögen, aber wir würden nicht so viel von dem Dufte, der Wärme und Weichheit der Farben und der Töne sprechen, wenn nicht auch in diesen Empfindungen der Geist der Natur eine eigene Offenbarung hätte.

In aller Sinnlichkeit finden wir also etwas mehr, als Gleichgültiges oder nur Angenehmes; wer einmal nur sich in die Anschauung eines reinen farbigen Lichtes vertieft hat, wird vielmehr zugeben, dass diese Empfindungen nur eine geringe fast verschwindende körperliche Lust erwecken und dass sie nur in unbedeutendem Masse angenehm heissen können, während grade der ahnungsvolle Eindruck, den sie auf das Gemüth machen, uns so bedeutend in das Verständniss des natürlichen Daseins einführt. Auf solchen Grund-

lagen ruht nun eine reich ausgebildete Schönheit. Die Harmonien der Töne und der Farben, die schönen Abwandlungen der Tonfolgen und die Bedeutsamkeit aller sichtbaren
Bewegungen und Gestalten stehen in einer sehr nahen Beziehung zu jenen leiblichen Thätigkeiten, durch welche ihre
Anschauung oder ihre Nacherzeugung möglich wird. Und
so würden sich ohne Zweifel physiologische Gesetze
der Kunstschönheit entwickeln lassen, die uns zeigten,
welcherlei Zusammenfassungen sinnlicher Elemente zu vollbringen dem Systeme unserer sinnlichen Thätigkeiten schwer
fällt, welche andere ihrem Ablauf sich anschmiegen, welcherlei Uebergänge und Gegensätze zwischen verschiedenen
Elementen sie zu ertragen und auszuführen fähig sind, welche andere dagegen sie nur mit Zerrüttung ihrer Ordnung
und Erschöpfung ihrer Kräfte zu verfolgen vermöchten. Reich
und noch unerforscht, verdiente dieses Gebiet eine weitere
Pflege, und seine bessere Aufhellung würde vielleicht einige
Streiflichter auf jene Eigenthümlichkeiten des Kunstgeschma-
ckes werfen, die wir bei Völkerschaften von sehr verschiedener Abstammung und abweichendem körperlichen Baue
finden.

Uns aber liegt es ob, einen zweiten Kreis von Bedingungen hervorzuheben, den die Schönheit eines Kunstwerks
zu schonen und zu befriedigen hat. Der äussere Eindruck
trifft in uns nicht nur ein Gewebe körperlicher Thätigkeiten,
das hier angeregt, an vielen entfernten Orten nachbebt, und
die einzelnen Empfindungen haben ihre Verwandtschaften
und Gegensätze nicht nur insofern, als die leiblichen Vorgänge, von denen sie erzeugt sind, einander begünstigen,
stören oder ausschliessen. Alle diese Vorgänge vielmehr
brechen sich noch einmal an dem Wesen der Seele, und
neue Bedingungen ihrer Thätigkeit treten hinzu, um aus
dem weiteren Kreise des sinnlich Angenehmen einen engern
des Schönen auszuscheiden. Nur wenigen Vorstellungen gestattet die Enge des Bewusstseins, zugleich in voller Klar-

heit vor uns zu stehen, nicht von jeder zu jeder andern an Inhalt und Gestalt verschiedenen vermag unsere Aufmerksamkeit mit gleicher Leichtigkeit überzugehen, und nicht jede Anhäufung von Gedanken gewährt unserm Geiste dieselbe Befriedigung müheloser beherrschender Uebersicht. Manche Züge eines schönen Gegenstandes werden eine volle und deutliche Entfaltung ihres ganzen Inhalts von der Kunst verlangen müssen, um von der Seele all ihrem Werthe nach empfunden zu werden, manche andere werden um so eigenthümlicher und tiefer das Gemüth ergreifen, je einfachere Andeutungen der Einbildungskraft Spielraum lassen, das übrige Verschwiegene durch eigene Thätigkeit zu ergänzen, oder über das Mitgetheilte hinaus in einen noch unerschöpften Reichthum unberührter Geheimnisse zu blicken. Oft wird die Mannigfaltigkeit verbundener Einzelheiten unsere Seele zerstreuen, und die Vorstellungsreihen vergeblich jene Geschlossenheit und Abrundung suchen, die ihren Ueberblick möglich macht, oft gerade wird ein eigenthümlicher Genuss aus jenen leisen vervielfältigten Erzitterungen quellen, mit denen dieselbe Mannigfaltigkeit tausend Fäden unsers Gemüths anregt, und schnell verschwindende halbverhüllte Gedanken die stetige und helle Entwicklung einer herrschenden Ideenreihe ahnungsvoll umkreisen lässt. Manches darf nur einmal und deutlich dem Gemüthe gezeigt werden, dessen Empfänglichkeit sein Anblick erschöpft, andere Gedanken bedürfen, wie der Tropfe den Stein höhlt, mannigfacher Wiederholungen, um allmählich ihren Erschütterungskreis auszubreiten und durch die Menge angeregter Erinnerungen ihr ganzes inneres Leben dem geistigen Auge zu entfalten. Alle diese Verhältnisse sind den Ansichten über die Schönheit der Kunstwerke schon längst bekannt gewesen und das Meiste, was wir an älteren Versuchen, die Kunstübung durch Gesetze zu bestimmen, besitzen, läuft darauf hinaus, den Gang der angeregten Vorstellungen mit den natürlichen Gesetzen und den Gewohnheiten der Seelenthätigkeiten zusammenzustimmen. Wenn die Schönheit des Kunstwerks darin bestehen soll, dass es die möglich grösste Anzahl der Gedanken in den kleinsten Zeitraum zusammendränge, oder darin, dass es Verhältnisse zeige, die der nachschaffenden Einbildungskraft den Genuss einer freien zwecklosen Zweckmässigkeit verschaffen, oder wenn im Einzelnen verlangt wird, durch allmähliche Steigerung der Gedanken und ihres Werths die sinkende Empfänglichkeit wach zu erhalten und zu heben, oder durch plötzliche Ueberraschungen sie zu neuem Schwunge aufzuregen, so stehen alle diese Anforderungen wesentlich auf diesem Boden, obgleich sie zum Theil Gesetze berühren, denen noch ausserdem eine höhere Bedeutung zuzuschreiben sein würde. Allein wie lange man auch schon an Betrachtungen dieser Art gewöhnt sein mag, so ist doch zu zweifeln, ob in ihnen die eigentlich wesentlichen Gesetze der Schönheit gefunden oder zu finden sind. Denn alle solche Bemerkungen pflegen uns meistens nur den ganzen Vorrath der innern Zustände und der Erschütterungsweisen des Gemüths vorzuführen, welche überhaupt in der Hand des Künstlers Mittel zu gewaltigen Wirkungen werden können. Aber sie sagen uns weder, wie man sie handhaben müsse, um ihren Erfolg zum Schönen zu lenken, da doch ihre Kraft sich nicht minder auch im Hässlichen äussern kann, noch, wenn sie dies etwa versuchen, wissen sie Gründe anzugeben, warum die dann entstehende Lust über den Reiz des Angenehmen hinaus noch auf die Würde des Schönen Anspruch machen dürfe. Auch diese Ansichten bedürften daher einer neuen Durchforschung; es wäre nöthig, jene allgemeinen Gestalten des Vorstellungsverlaufes, jene einfachen Grundverhältnisse des Mannigfaltigen aufzusuchen, auf denen überhaupt in unserer Seele die schöne Lust begründet ist. Man würde daraus vielleicht bestimmtere Anweisungen über viele Kunstmittel schöpfen, deren Kraft wir jetzt nur an glücklichen Beispielen bewundern. Man würde lernen, wo eine halbe Verhül-

lung tieferen Eindruck gewährt, als offene Darstellung, was
in der Erwartung ergreifender oder in der Erinnerung mäch-
tiger und inniger bewegt, als in unmittelbar gegenwärtigem
Anblicke, und von hier aus dürfte man ohne Zweifel auch
für die grösseren zusammengesetzteren Werke eine Reihe
psychologischer Bedingungen der Kunstschönheit aufstellen können. Aber man würde sich hüten müssen, diese Gesetze, wie es so oft geschehen ist, für die
höchsten zu halten, in denen der eigentliche Sinn aller
Schönheit völlig umschlossen liegt.

Ein Kunstwerk darf nicht nur für eine wunderbar aus-
gesonnene Veranstaltung gelten, unsern Sinnen oder dem
bewegten Treiben und Fliessen unserer Vorstellungen wohl-
zuthun, nicht für ein Mittel, das man wegwirft, wenn sein
Zweck erreicht ist, vielmehr grade in seinem Inhalt wollen
wir einen unabhängigen Werth erkennen, der die Gefühle
rechtfertigt, von denen in seiner Anschauung unser Gemüth
bewegt wird. Und so dürfen wir wohl, nachdem unsere
Betrachtung uns an den Gebieten des Leibes und der Seele
vorübergeführt hat, auch noch des letzten Gliedes einer be-
rühmten Dreiheit gedenken, und nach den Forderungen fragen, welche der Geist an das Kunstwerk und seine Schönheit stellen wird.

Noch inhaltlos und unbefangen drängt sich die natürliche Seele jedem Eindrucke entgegen, an allem sich er-
freuend, alles zu lieben erbötig, was ihre Thätigkeit zu einem glücklichen lebendigen Spiele vereinigt; der Geist hat
gewählt, was er lieben will, und durchdrungen von einer
Ahnung des ewigen Weltinhaltes fragt er weniger mehr nach
der Befriedigung, in der die Seele schwelgt, sondern rich-
tet an alles Schöne das Verlangen, Gestalten ihm zu zeigen,
die ihre Heimat in diesem Höhenkreise der besten Wirklichkeit haben, und Ereignisse zu schildern, deren Anblick
in die Gemeinschaft dieses ewig Wesentlichen zurückführt.
Ueber jenes Leben, in welchem mancherlei äussere Ein-

drücke nur den zufälligen vereinzelten Regungen unsers endlichen Gemüths schmeichelnd sich anschliessen, soll uns ein
Bild des Weltlaufes aufgehn, in dessen Betrachtung und Genusse die des allgemeinen Geistes würdige Lust und Selig-
keit jede andere vergängliche Stimmung überwächst. Diese
Forderung ist ein Verlangen nach Wahrheit; denn eben dies
meinen wir nicht, dass das Schöne der Kunst uns einen
nirgends vorhandenen in dem leeren Spiele der Einbildungskraft allein kreisenden Himmel täuschend vorstellen solle,
sondern dieselbe Welt, in der wir leben, soll unsern Blicken durchsichtig werden, und jeder Schritt im Reiche der
Kunst soll uns gemahnen, zugleich ein Schritt in der wahr-
sten Wirklichkeit des Weltalls zu sein.

Diese Bedürfnisse des Geistes, nicht nur die der Seele
zu befriedigen, ist den echten Erzeugnissen der Kunst zu
keiner Zeit misslungen, aber die kühlere Wissenschaft, die
ihrem Geheimnisse nachforschte, hat erst in unsern Tagen
das Wesen des Schönen und der Kunst nach diesem Masse
zu messen begonnen. Wie viel Grosses, wie viel Verfehl-
tes diese Bemühungen einschliessen mögen, darf hier un-
entschieden gelassen werden, denn aus dem ganzen Reichthume des Inhalts, dem sie gewidmet worden sind, wollen
wir nur einen kleinen Theil als den endlichen Gegenstand
unserer ferneren Betrachtungen auslösen.

Kunstwerke kann es geben, die einer unmittelbaren Offenbarung gleichen und in einem kleinen Brennpunkt alle
Strahlen der Wahrheit zu einem vollständigen Weltbilde
sammeln. Aber wir lieben nicht nur die Lichtquelle selbst,
sondern auch die Gegenstände unter ihrer Beleuchtung. Mag
auch mit dem umfassenden grossartigen Inhalte, der jenen
ganzen Lichtkreis vereinigt, der Werth eines Kunstwerks
wachsen, so ist doch auch in dem eine Schönheit, das einzelne Bruchstücke der Welt in seine wärmende farbige Beleuchtung rückt. Würde doch ohnehin jedes Werk, das
den höchsten Inhalt uns darstellen wollte, seine eigene

Bestimmung verfehlt haben, wenn es für mehr als Bruchstück gelten und das seiner Natur nach Unerschöpfliche erschöpfen wollte; der Genuss würde enden, wo er beginnen
sollte, beim Verständniss. Von Seiten des Inhalts wird mithin jede Kunst nur ein Streiflicht des höchsten Glanzes darstellen, um so wahrscheinlicher ist es, dass ihre Gewalt
über die Seelen in der Form und Eigenthümlichkeit ihres
Darstellens bestehn werde. Und wenn wir gleich das Vor-
urtheil bedauern müssen, welches den wahren Werth des
Schönen allein in seiner Form finden will, so mögen wir
doch zugeben, dass die Kunst nicht überall das Ganze des
werthvollen Inhalts wird darstellen müssen, aber mit der
Kraft des Ganzen muss sie das Einzelne beleuchten. Seine
ewige Gegenwart braucht an den kleinen Dingen der Welt
nur durch wenige Züge sich zu verrathen, die uns entschieden und mühelos in eine reinere Luft emporheben und unserer Ahnung die übrigen Fernen der Welt eröffnen. Der
wissenschaftlichen Betrachtung nun geziemt es, diese Wege
der Erhebung zu beschreiben, der Kunst, sie sogleich zu-
rückzulegen und uns mit sich emporzuführen. Unser Entschluss kann daher nur sein, das erste zu unternehmen,
und auch dies wäre unmöglich ohne das Glück, mit welchem das andere der Kunst so oft gelungen ist.

Vermöchten wir ein Ereigniss so zu beobachten, wie
es in den Gang des Weltplans mitwirkend eintritt, so würde
diese Anschauung seiner Bedeutung einer Erhöhung durch
die Mittel der Kunst weder bedürftig noch fähig sein, und
in der That gewährt uns die Betrachtung grosser geschichtlicher Entwicklungen diesen Genuss einer ursprünglichen bedeutungsvollen Schönheit. Aber in dem Gebiete der gewöhnlichen Ereignisse sehen wir selten oder nie den Plan
der Weltordnung, dessen Ganzheit nur unserer Ahnung offen steht, sondern wir gewahren nur den Rhythmus seines
Ganges an den wenigen Schritten, die in die beschränkte
Ausdehnung unserer Beobachtung fallen. An ihn muss die

Kunst sich halten, um ihren Gebilden Wahrheit zu geben, sie muss den Inhalt, der nur als eine ewige Geschichte selbst ursprünglich gedacht wird, in die Form eines Geschehens zusammendrängen, an der das Kleinste Theil haben und durch sie dem Ganzen sich anschliessen kann. Und auch hierin wird die Kunst die Züge des Weltbaues nur nachahmen. Denn auch in ihm sehen wir, dass der grösste und höchste Inhalt nicht allein als eine einmal sich vollziehende Geschichte abrollt, sondern dass er sich ein Reich von Formen des Geschehens, von allgemeinen Gesetzen geschaffen hat, die so wie sie sind, nur um des willen sind, weil sie den Werth der höchsten Ideen in die zersplitterte, zerstreute Welt der einzelnen Erscheinungen überzuführen bestimmt sind.

Soll die Kunst nun allgemeine Verfahrungsweisen besitzen, die unabhängig von dem Stoffe, in dem sie ihre Gebilde verwirklicht, und gleich unabhängig von dem Inhalte sind, den sie darstellen will, so können diese nur Wiederholungen jener allgemeinen Gesetze sein, die auch den Weltbau im Grossen beherrschen, und die ebenso wenig einer einzelnen Erscheinung eigenthümlich sind, als sie anderseits jenen höchsten Inhalt selbst aussprechen. Sie bedeuten vielmehr auch in der wirklichen Welt nur die formellen Weisen des Benehmens der Dinge, das sie einhalten müssen, wenn sie in eine vernünftige und schöne Welt passen wollen. Und hierin grade liegt ihre Allgemeingültigkeit. Ueber das letzte Ziel des Weltplans und den Lauf seiner Entwicklung lassen sich unzählige abweichende Meinungen ausbilden, aber die Züge der Schönheit treffen jedes Gemüth und fragen nicht nach dem bestimmtesten Inhalt seines Glaubens. Sie können es, indem sie nicht den verhüllten Plan der Welt selbst darstellen, sondern nur die ewigen Formen der Weltordnung, die uns wirklich umgeben, und deren Bedeutsamkeit sich auch das Gemüth nicht entziehen kann, das hinter ihnen jenen noch höheren Inhalt zu sehen nicht vermögend oder nicht willig ist.

Dass nun diese metaphysischen Bedingungen der Kunstschönheit die einzigen sind, deren Befriedigung der Geist noch über Seele und Sinnlichkeit hinaus verlangt, dürfen wir nicht behaupten. Auch der Gegenstand, dessen Fassung sie bilden sollen, darf ihnen nicht roh überliefert werden, sondern nur ein Gemüth, das ihn bereits in eine inhaltvolle Welt der Kunstgedanken verschmolzen hat, wird ihn flüssig genug finden, um in diese äussern Formen der Darstellung zwanglos sich zu fügen. Aber diesem künstlerischen Inhalte wollen wir eine eigene Betrachtung zu anderer Gelegenheit widmen, und jetzt nachzuweisen versuchen, welche Ausführung im Einzelnen unsere allgemeine Ansicht verstattet.

II.

Drei Mächte sieht unsere sinnende Beobachtung der Welt sich in einander zum Laufe der Dinge verschlingen: allgemeine Gesetze des Werdens und Geschehens, theilnahmlos für jede einzelne Gestalt des Erfolges, bilden das ewige Schicksal der Erscheinungen; ihnen unterthan ist eine Fülle der lebendigen Wirklichkeit, die mit wunderbaren eingebornen Trieben der Gestaltung und innerlicher Regsamkeit diese starren Schranken überwebt, und in dieser endlich glauben wir zuweilen deutlicher die Spur eines ordnenden Gedankens zu gewahren, der den zusammenhangslosen Lärm der Erscheinungen einem gemeinsamen Ziele dennoch unwandelbar zuführt. Nicht diese letzte dem Ziele zugewendete Bewegung allein bildet den Sinn des Weltlaufs, sondern darin grade liegt seine Bedeutung, dass dieser allmähliche Fortschritt jene widerspenstigen Mächte, die nie fortschreitenden Gesetze und die eigenwillige Regsamkeit der Dinge, in sich einschliesst. Soll die Kunst uns in ihren Werken ein Abbild dieses gesammten Weltlaufes geben, so darf keiner dieser Züge ihr fehlen, und die Weisen ihres Verfahrens müssen jedem Raum lassen, sich in seiner Bedeutung zu entwickeln. Stehn nun diese einzelnen Züge vor dem Auge der Lebenserfahrung nur als Räthsel da, deren Vereinigung durch eine gemeinschaftliche Lösung die ganze Kraft eines menschlichen Herzens beschäftigen kann, so hat auch die Kunst nicht von einer bekannten und gewissen Lösung aller der Fragen auszugehn, die sich hier zudrängen, sondern sie ist diese Lösung selbst. Sie verkündigt nicht eine sonst gewusste Wahrheit, sondern erzeugt sie in ihren Schöpfungen. Denn die Räthsel der Welt zu lösen, wird dem reinen bedürftigen und entblössten Gedanken nie gelingen; da wo die Wissenschaft verzagen müsste, den tiefen Gehalt des Lebens zu deutlicher Erkenntniss zu bringen, hat die Dichtung zu allen Zeiten eingegriffen, und auf dem wärmeren Boden des fühlenden Gemüths das zu lebendigen Blüthen emporgetrieben, was im Lande der Erkenntniss immer ein trockener gestaltloser Keim geblieben wäre. Jedes echte Kunstwerk ist eine Eroberung einer neuen Erfahrungswelt; es spricht für die Erkenntniss keine Lehre aus, die diese selbst zu finden unfähig wäre, aber die breite zerstreute Welt menschlicher Erfahrung sammelt es zu einem verdichteten Bilde, an dem die Erkenntniss als an einem neuen, aber alle Elemente seiner Lösung in sich tragenden Räthsel wiederum sich versuchen mag.

Lassen wir indessen diese Gegenstände, die erst in Frage kommen würden, wenn es sich um den Inhalt handelte, den die Kunst gestalten soll; für uns ist es jetzt genügend, wenn sie durch Erinnerung an dieselben Kräfte, welche die Welt bewegen, uns dem Räthsel nur wieder gegenüberstellt, dessen Dasein und Werth die Kleinlichkeiten des Lebens häufig unserm Gemüthe verdecken. Und so wollen wir an alle Kunstgebilde zunächst die allgemeine Anforderung stellen, dass sie uns überall die Erinnerung an allgemeine Gesetze, an ihre Verkettung mit einem unergründlich gegebnen Wirklichen, und endlich die diesem Laufe inwohnende Herrschaft eines einzigen höhern Zieles erwecken. Aber wenn hierin die formellen Bedingungen der Kunstschönheit beruhen sollen, so werden wir ihre Erfüllung selbst wieder in dreifacher Art verlangen müssen: denn zuerst wird der noch ungestaltete Stoff, mit dem die Kunst wirkt, Anlagen zeigen müssen, jene bestimmten bedeutungsvollen Formen aufzunehmen; dann aber werden die allgemeinen Verfahrungsweisen der Kunst in der Verbindung des mannigfaltigen Einzelnen sich eben so nach ihnen zu richten haben, und endlich muss selbst der individuelle Plan eines Kunstwerks die vollständige Erinnerung an diesen Weltbau durch die Gestalt seiner Entwicklung und Zusammenfügung erwecken können. Nicht alle Künste vermögen jede dieser Forderungen in gleicher Ausdehnung und in gleicher Weise zu erfüllen, und hieran hauptsächlich liegt die nothwendige Beschränkung, die sich jede derselben in der Wahl der Gegenstände auferlegen muss, um der Beschränktheit ihrer Mittel ebenso sehr sich anzubequemen, als zuweilen sie zu ergänzen. Unsere gegenwärtige Betrachtung daher, absehend von der Gewalt des Inhalts, den schöne Erfindung und der Hintergrund einer inhaltvollen Weltansicht zum Gegenstand unserer Bewunderung machen können, wird sich hauptsächlich nur mit den Künsten beschäftigen, die irgend einen äusserlichen Stoff zu schöner Gestaltung auszuprägen suchen und dadurch formeller Vollendung mehr Raum geben, als die Poesie, die im Reiche der Gedanken lebt.

Richten wir zuerst unsern Blick auf die allgemeinen Gesetze, so müssen wir von ihnen ausdrücklich verlangen, dass sie gegen den dargestellten Gegenstand gleichgültig sind. Dies freilich nicht, als müsste ihr Befehl unvergleichbar mit ihm sein, wohl aber müssen wir fordern, dass jedes Kunstwerk uns den beschränkten Gegenstand seiner Wahl als unterworfen einer Gesetzlichkeit zeige, die neben ihm unendliches Andere in gleicher Weise beherrscht. Eben durch

diese Erinnerung sühnt die Kunst diese Schuld der Endlichkeit, ein einzelnes Bruchstück der Welt unserer Anschauung darzubieten und erweitert unsern Blick über seine Grenzen hinaus, ohne durch einen bestimmten fremdartig ange-
fügten Inhalt ihn zu verwirren. Wie nun die Kunstwerke
es vermögen, neben der Entfaltung ihres Gedankens jene
Erinnerung festzuhalten, zeigt uns sogleich am deutlichsten
das Beispiel der Musik. Die Natur der Töne, deren Auffassung für uns stets einen Zeitraum füllt, lässt jene Gesetze
sogleich als die beherrschenden Mächte der Zeit erscheinen,
in deren gleichgültiger Ausdehnung die einzelnen Klänge,
um ihr ausdrucksvolles Spiel zu entfalten, kommen und
gehen. Neben dem Entwicklungsgange der Melodie bilden
die Schläge des Taktes die stets begleitende Erinnerung an
das allgemeine Schicksal, dessen abgemessene Kreisungen
alle Wirklichkeit hervorrufen und hinwegraffen, ohne für die
eine mehr Vorliebe zu zeigen als für die andere. Und eben
deswegen bedarf der Takt häufig einer Verschleierung; sein
starkes Hervortreten, so dass er sich zum Rhythmus des
Ganzen aufdrängte, würde übel zu dem Sinne eines Chora-
les stehen, in dessen Tönen ja keine hinfällige, unter andere
Gesetze gebundene Wirklichkeit, sondern die Fülle des höchsten einigen Seins selbst sich entwickeln soll. Desto entschie-
dener, obwohl nur in ernstem und langsamem Gange darf er
den starken und festen Grund eines kriegerischen Marsches
bilden, in dem der Muth menschlicher Begeisterung sich
gern auf die unwandelbaren Geschicke der Welt stützt. Und
so mag er denn ungebunden herrschen in jenen Tänzen, in
denen jede Selbstständigkeit und melodiöse Kraft des einzelnen Gemüths sich der nivellirenden Gemeinheit des alltägli-
chen Taumels der Dinge überlässt. In reicherer Ausbildung
als der gewöhnliche Takt der Musik zeigt uns das Metrum
der Dichtkunst eine ähnliche Bedeutung. Man hat seinen
Werth und seine Nothwendigkeit oft künstlich zu erweisen
gesucht, am meisten von dem Standpunkte psychologischer

Ansichten, die in ihm irgend welche angenehme Berührung der Vorstellungsthätigkeiten fanden. Mehr indessen scheint es doch zu sein. Wo die Poesie irgend einen kleinen beschränkten einzelnen Inhalt mit der Fülle ihrer übrigen Kunstmittel uns vor Augen stellt, würde sie ungerecht sein, wenn sie ihn als die einzige augenblickliche Anfüllung der Welt hinstellen wollte. Sagen kann sie freilich nicht, ohne überhaupt aus einander zu gehn, wie Vieles und Grosses noch ausser ihm ist, aber in der metrischen Gebundenheit ihrer Rede lässt sie uns zugleich die Schwingungen eines allgemeinen Schicksals ahnen, das ihn weit überragt, und rückt so den Inhalt gerade durch eine ihm gleichgültige Form in die Stellung, die in einer poetischen Weltauffassung ihm zukommt.

In der Musik nun kann der Takt im Allgemeinen nicht entbehrt werden, denn ihre Töne gestatten nicht durch ihren Inhalt, sondern nur durch die Weise ihrer Verbindung eine Erinnerung an die Gesetzlichkeit festzuhalten, von der die Welt getragen wird; die Dichtkunst dagegen kann die gebundene Rede entbehren. Denn sie vermag nicht bloss durch die äussere Form, sondern auch durch den Sinn der Gedanken das allgemeine Schicksal lebendig darzustellen; ja sie wird zu dem letzten genöthigt sein, wo sie irgend umfassende, verwickelte Verhältnisse des Lebens behandelt, die nicht einem eintönig fortklingenden inhaltlosen Gesetze unterworfen gedacht werden können, sondern in deren Einzelheiten die Nothwendigkeit des Weltlaufs vielgestaltig eingeht. Die Erzählung, der Roman verlegen daher ihren Rhythmus in die Entwicklung ihres Inhalts selbst; das Epos bedarf eines einfachen, in vielen Einzelheiten veränderlichen Versbaues, und nur das lyrische Gedicht darf sich in verwickelten, sich wiederholenden Rhythmen bewegen, in denen es doch dann mehr einen eigenthümlichen inwohnenden Gestaltungstrieb, als ein allgemeines Schicksal zum Ausdrucke bringt. Die Mannigfaltigkeit gleichzeitig er-

klingender Töne gestattet der Musik, eine Tonreihe ausdrücklich zum Träger dieser Erinnerung zu machen, und es liegt
in einer bekannten physiologischen Symbolik, dafür die tiefen Töne zu wählen, über deren fester Grundlage sich die
Lebendigkeit der höhern bewegt. Allein nichts in der Welt
ist ein reines blosses Schicksal, sondern Alles hat seine eigene Lebendigkeit in sich, und so wird es stets der frostig-
ste Anfang der musikalischen Kunst sein, durch die Klänge
des begleitenden Basses nur eben die Tactschläge des Schicksals anzudeuten, den ganzen Lauf der Entwicklung aber einer abgesonderten Tonreihe zu überlassen. Ebenso wenig
dürfen wir fortwährend ohne allen Kampf das Einzelne und
seine Lebendigkeit dem allgemeinen Gesetze zum Opfer fallen
lassen; nicht immer dürfen die organischen Abschnitte der
Melodie mit den todten des Tactes zusammenfallen, sondern
viel lebendiger wird der sich sträubende zarte Körper der
Melodie bald von dem starren Gange des Tactes nach sich
geschleppt, bald eilt seine fröhliche Lebendigkeit erwarteten
Zeitabschnitten ebenso reizend vor. Nach solcher Brechung
der allgemeinen Nothwendigkeit werden einzelne Schritte
vollkommener Anpassung der Entwicklung an sie desto mehr
erquicken, und namentlich der Ausgang eines Ganzen wird
diese Beruhigung stillen und befriedigten Enthaltenseins des
einzelnen Lebens in dem allgemeinen Weltlaufe verrathen
müssen. Den Reichthum dieser Verhältnisse vermag die
Poesie zwar nur in geringerer Mannigfaltigkeit, aber fühl-
bar genug durch den Widerstreit auszudrücken, den sie zuweilen zwischen dem Accente des Metrum und der eigenthümlichen Betonung der Worte eintreten lässt.

Versuchen wir diese Forderung steter Erinnerung an
allgemeine Gesetze, die gleichgültig über aller einzelnen
Entwicklung schweben, auch an die Werke der Baukunst
zu stellen. In dem Flusse der Töne liess sich leicht die perio-
dische Wiederkehr der Zeitabschnitte als etwas von aller
bestimmten Gestalt der Melodie unabhängiges herausfühlen,

aber die räumlich gestalteten Massen der Baukunst scheinen das allgemeine Gesetz der Schwere zwar in sich zu tragen, aber nie unabhängig von ihrer bestimmten Gestalt im Einzelnen darzustellen. Nun ist es auch ohne Zweifel richtig, dass ein Bauwerk sich zu einer Musik wie ein einzelner organischer Bildungstrieb, der seine völlige Entwicklung erlangt hat, zu einem umfassenden Weltlaufe verhält. Wir dürfen an ihm eine so deutliche Ausprägung der allgemeinen Gesetze so wenig erwarten, als an irgend einer einzelnen Thier- oder Menschengestalt, durch deren Darstellung die Sculptur noch weiter sich von unserer Aufgabe entfernt. Wir können in der Architectur eine Andeutung des allgemeinen gleichgültigen Schicksals nur in irgend einer Erscheinung erwarten, in welcher das Unzureichende des organischen Bildungstriebes hervortritt und der Kampf sichtbar wird, den er um seiner Vollendung willen mit der Natur der schweren Masse führt. Steht man einem gothischen Dome gegenüber, so fühlt man bald, worin diese Andeutung liegt. So wie der Schaft mancher Pflanzen nicht durch einen einmaligen Aufschuss seine völlige Höhe erhält, sondern in Knoten die erschöpfte Kraft sammelt, um dann mit einem neuen Wurfe eine höhere Stufe der Entfaltung zu erreichen, so sehen wir auch hier viele strebende Keime ganz hinter dem Gipfel des Gebäudes zurückbleiben und ihre Triebe frühzeitig in kleinere Blüthen aushauchen; andere sehen wir nur in einzelnen Absätzen, immer von neuem sich sammelnd, immer an Ausdehnung verlierend, emporstreben, und nur wo die ganze Kraft des Gebäudes massenhaft sich zusammennimmt, erreicht sie es in der Höhe einen Abschluss zu finden, der ihrem strebenden Triebe entspricht. Diese einzelnen Absätze betrachten wir als die Theilstriche, die dem Tacte ähnlich die allgemeine Macht der Schwere an der lebendigen Entwicklungslust des organischen Aufstrebens zieht. Wer würde nun nicht sogleich einwerfen, dass diese Betrachtung nur der Baukunst gelten könne, die diesen vielfach getheilten Aufbau kennt, und dass namentlich die Griechische Architectur nur in wenigen und nicht in den vorzüglichsten ihrer Werke dieser Forderung genügen würde? So ist es nun auch; in der That ist ein Griechischer Tempel ein einziger Tact, ein einziges Internodium einer schönen Pflanze, zu den edelsten Verhältnissen ausgebildet. Diese wird man immer bewundernd geniessen müssen, wenn man auch bekennt, daran kein Genüge zu finden. Es würde uns nichts helfen, wenn wir unsere Ketzerei in diesen Dingen bemänteln wollten. Wir wollen lieber die Betrachtungen aussprechen, die nicht allein aus diesen Ueberlegungen, sondern auch aus dem unmittelbaren Eindruck der Dinge entstanden sind. Was in andern Völkern mit einem glühenden Gefühl, mit unendlichem sich überstürzenden Reichthum der Gedanken und Bilder in der Kunst lebt und webt, dieses Alles haben die Griechen stets in das Enge gezogen, vielleicht, weil sie es für Vermessenheit hielten, daran zu denken, dass ein so wildes Chaos der Ueberfülle je sich reiner Schönheit nähern könne, vielleicht auch, weil eine zuweilen doch wohl bemerkbare angeborne Frostigkeit der Anschauung ihrem sonst so schönen Masshalten einigermassen förderlich entgegenkam. Allein innerhalb dieser Grenzen sind sie in der That gross und edel gewesen und weit verständiger als ihre späten Vergötterer, deren Abneigung gegen allen Reichthum der neuern Kunst in dem folgerechten Beschlusse allein enden müsste, künftig in der Kunst so durchaus masshaltend und einfach zu sein, dass vor Einfachheit eigentlich gar nichts mehr zu sehen wäre. Der Geist der neueren Völker ist hierin durchaus von dem der Alten verschieden, und es wird stets unmöglich sein, es allgemein glaubhaft zu machen, dass eine schöne Armuth besser sei als eine schöne Fülle. Diese Gleichheit der Schönheit freilich, wie würde die Schule sie je zugeben können? Wenden wir uns daher nicht an sie, sondern an die unbefangne Auffassung jedes Gemüths, das nicht gewaltsam sich aus seiner Zeit heraus versetzen will. Die

Kunst der Griechen, mit Ausnahme ihrer frühesten Epopöe vielleicht, ist eine statuarische; ihre architectonischen wie ihre dramatischen Werke sind herrliche, in den schönsten Formen vollendete Krystallisationen eines scharf bestimmten und begrenzten Gedankens; aber die höchsten Forderungen, die gerade an diese Kunstformen zu stellen sind, erfüllen sie nicht. Der Griechische Tempel ist ein Individuum, der gothische Dom ist eine Welt und doch nicht weniger Eins; jener ist ein abgeschlossenes Ideal, auf keine äussere Welt hindeutend, und wenige Erinnerungen an die wirklichen Kräfte der Welt erweckend, ein reines Kunsterzeugniss, dieser ist der Ausdruck der gewaltsam ringenden Macht der Erde selbst; die grössere Naturwahrheit und Wirklichkeit bestimmt ihn für die Welt, in der wir leben, während dem mühelosen Olymp der erste gehört. Mit dem Säulenbaue der Griechischen Kunst ist nun diese Weise des Baues, dieses allmähliche Verklingen stufenweis höher strebender Kräfte, nicht wohl zu vereinigen. Denn einmal, wenn die Säule aus dem ungestalteten Erdboden steigt, kann man sich wohl vorstellen, dass in seinen Tiefen eine Kraft schlummere, die sie lebendig emportreibt; aber aus der kahlen, gleichgültigen Masse eines Zwischengesimses kann unmöglich eine zweite darüber gestellte Säulenreihe ihr Leben gesogen haben, und sie wird daher immer wie ein beliebig Angebrachtes, nicht wie ein nothwendiges Erzeugniss aus der eignen Lebenskraft des Gebäudes erscheinen.

In einer menschlichen Gestalt scheint keine Andeutung anderer Gesetze liegen zu können, als derjenigen, die eben ihre Bildung allein beherrschen. Aber die Sculptur, obwohl an Vollkommenheit ihren Schwestern gleich, steht doch an Vollständigkeit ihren übrigen Künsten weit nach. Nur die Art, wie wir ihre Werke als Festtagsgenüsse in Museen bewundern, lässt uns oft die Frage vergessen, wo denn die Welt eigentlich sei, auf welche sich Ausdruck und Geberde der Statuen beziehen, und an welche selbst die Eigenthüm-

lichkeit der Gestaltbildung sich bedeutsam anschliessen müsste.
Weder das vegetabilische Leben einer Gegend, noch viel
weniger aber die beseelte menschliche Gesellschaft kann in
ihrer allzu saftreichen Realität einen Beziehungspunkt für
diese stillen Grössen der Kunst bilden; wir müssen vielmehr
ihre wahre Stelle in der künstlerischen Welt der Architectur
suchen. Es zeigt sich nun, wie unsere Forderung erfüllt
werden kann. Wir verlangten allgemeine Gesetze, gleichgültig gegen das Einzelne ihnen unterworfene; die menschliche Gestalt konnte keine andern Gesetze ausdrücken, als
die ihrer eigenen Bildung; so muss denn an dieser selbst
ein Widerschein eines äussern Schicksals haften, und die
einzelne Gestalt muss sich einem Typus unterworfen zeigen,
der seinen völlig zureichenden Grund nicht in dem Sinne
der Gestalt selbst, sondern in dem allgemeinen Charakter
der umgebenden Welt hat. Der Styl der architectonischen
Umgebung muss sich widerspiegeln in dem allgemeinen Typus aller Gestalten, die sie umfasst, und gerade hierin besteht die Aufgabe der Kunst, diesen Typus nicht in Wider-
spruch mit dem Sinne der Gestalt treten zu lassen, so wie
etwa verschiedene farbige Beleuchtungen, die einer Statue so
wunderbar verschiedenen Ausdruck geben, doch den feinen
Zusammenhang ihrer Formenschönheit nicht ändern. Zu der
offenen Heiterkeit Griechischer Bauweise gesellen sich mit innerlicher Nothwendigkeit jene nackten oder verhüllten Göt-
tergestalten, in denen überall die freie Entwicklung der
schönen Form aus sich selbst herausdrängt, ohne von einem
Punkte ausserhalb zur überwiegenden Entfaltung nach einer
Seite angezogen zu werden. Im Mittelalter hatte andächtiger
schwermuthvoll grübelnder Sinn des Glaubens nicht nur die
Welt als eine Verhüllung des Ewigen angesehn, sondern
auch die Menschen waren zu göttlichen Crustaceen gewor-
den, die aus mannigfachen äussern und innern Versteinerun-
gen des Gemüths und der Sitte ihr Streben nach oben rich-
teten. Dies ist schwerlich so günstig für die Sculptur, als

für die Baukunst; aber der Charakter mittelalterlicher Tracht und Rüstung und der Bildwerke, so weit ihre unvollständige Kenntniss reicht, harmonirt allerdings auf eine bedeutungsvolle Weise mit dem Sinne der architectonischen Schönheit, die ihr zur Umgebung diente. Ueberhaupt hat sich dieser gegenseitige Einfluss immer merkbar gemacht. Soll es einmal eine architectonische Welt im Geschmack von Versailles geben, welche andere Statuen, als jene dickleibig verkröpften, durften ein Bauwerk bevölkern, in dem, wie in den knotigen Stengeln der Balsamine, die phlegmatische Massenkraft überall träge Saftgeschwülste treibt?

Wie aber wird die Malerei allgemeine Gesetze darstellen, die dem eigentlichen Gegenstande ihrer Dichtung fremd sind? Werden wir nicht auch hier zu Annahmen genöthigt, die zu weit hergeholt scheinen, als dass sie sehr für die Richtigkeit unserer Forderung sprächen? Und doch vermag die Malerei jene Erinnerung an die allgemeinen Mächte der Welt auf die bezauberndste Weise zu bewirken. Wenn wir so oft in Genrebildern eine an sich unbedeutende Gestalt, die irgend ein eigenthümlicher Reflex des Lichtes hervorhebt, mit Interesse betrachten, was ist es da, was unsere Theilnahme eigentlich erregt? Freuen wir uns wirklich nur über die physiologische Wirkung der Farben, die vom Licht gehoben werden, oder über den Gegensatz, den seine Fülle mit dem dichten Schatten daneben bildet, oder über die sanften Uebergänge des Helldunkels? Oder wird unsere vorstellende Thätigkeit, beschäftigt, diese Umrisse nachzuerzeugen, zu einer Reihe von Handlungen genöthigt, die mit den natürlichen Gesetzen ihres Wirkens zusammenstimmen? Das Alles ist es wohl nicht, die lebhafte und allgemeine Theilnahme, die wir den Lichteffecten schenken, beruht vielmehr auf einer Forderung, die der Geist an die Schönheit stellt, und in ihnen erfüllt sieht. So wie in der Musik von den einzelnen bestimmten Tönen sich der Tact als Erinnerung an allgemeine Gesetze des Weltlaufs loslösen konnte, so hat

hier neben allen bestimmten Farben des allgemeinen Elemen-
tes Macht ihr besonderes Dasein; aber dieses Allgemeine
erscheint in einem Gebiete, das kein Werden kennt, sondern ruhende Gestalt, nicht als ein verzehrendes, sondern
als ein begünstigendes Schicksal; als die Welle, die uns
alle umschlingt, und alles getrennte Seiende zu einer gemeinsamen Wirklichkeit verbindet. Ohne Zweifel missbrauchen
viele Gemälde diesen Werth des Lichtspiels und schaffen
durch seine einseitige Hervorhebung Spielereien; aber da,
wo der Ernst grösserer Gedanken weniger nothwendig ein-
heimisch ist, als in der Darstellung geschichtlicher Ereignisse,
in aller Genre- und Landschafts-Malerei tritt seine Wirkung
berechtigter hervor. Hier sehen wir entweder den stummen
noch träumenden Naturgeist in Gestaltungen ringen, zwischen
denen kein Gedanke, sondern nur ein äusserliches Mittel gegenseitiges Verständniss bewirken kann, oder wir sehen ein
Leben schlecht und recht, das für die Geschichte der Welt
verloren wäre, aber dafür desto freundlicher von dem allgemeinen natürlichen Elemente umfangen wird. Hierauf können wir wohl den Eindruck dieser malerischen Gebilde zu-
rückführen; das Licht ist die allgegenwärtige freundliche
Naturgewalt, die nicht verschmäht, das Geringfügigste in
ihren wärmenden Glanz gütig aufzunehmen, und aus ihm
die blühenden schlummernden Farben hervorzulocken; es ist
ein befreiendes lösendes Element, das die Vereinzelung einer
verlorenen Gestalt aufhebt, und ein stiller Gesellschafter de-
rer, denen die übrige Welt verschlossen ist. Wir finden
daher nicht nur ganz natürlich, dass die höhere Weise der
historischen Malerei weniger Gewicht auf diese elementarische
Verknüpfung der Gestalten unter einander legt, denn sie
kennt die bedeutungsvollere der Handlung, durch die sie
ihre Gebilde unverlierbar dem Weltlauf einflicht; und eben
so natürlich ist es, dass die Kunst nicht den einfachen vollen
Glanz des Lichtes sucht und liebt, sondern seinen bald stillen, bald siegreich blendenden Gang durch die Hindernisse

der Körperwelt aufsucht. Denn in all diesem Durchblicken des Leuchtens durch die engen Oeffnungen, die Pflanzenwuchs oder Architectur gestatten, liegt um so deutlicher jenes liebevolle Herabbeugen des befreienden und tröstenden Elements in alle die Krümmungen und Beschränkungen der Endlichkeit.

Haben wir nun in diesen Betrachtungen den Werth dieses malerischen Spieles überschätzt? Wir glauben nicht, denn wir erinnern uns, wie dieselben Eindrücke nicht bloss aus den Werken der Kunst quellen, sondern unser ganzes Leben füllen. Worin liegt die Weihe, die auf den harten Zügen eines pflügenden Landmanns plötzlich ruht, wenn der volle Schein des Abendroths ihn umfliesst, wenn nicht in der Anschauung, dass ein freundlicher allwaltender Naturgeist den Verlassenen jetzt in seine Lebendigkeit mit einschliesst, und die Fülle seiner Güte selbst auf die todten Werkzeuge seines menschlichen Verkehres veredelnd ausgiesst?

Wir haben den Kreis der Künste jetzt durchlaufen. Denn die Poesie, deren wir noch wenig gedacht haben, bedarf nicht nothwendig jene äusserliche Form des Rhythmus, über deren Bedeutung oben gesprochen ist. Sie kann in viel grösserem Umfange, als dies andern Künsten vergönnt ist, den Weltlauf seinem Inhalte nach darstellen, und so werden die Erinnerungen an sein allgemeines Gesetz, die im Metrum, oder in der gleichmässigen Färbung des Vortrags liegen könnten, immer bedeutend hinter der Kraft jener andern zurückstehn, welche die Dichtkunst durch tiefe und allseitige Auffassung ihres Inhalts und seine geordnete Darstellung zu bewirken vermag.

III.

Wenn wir nun jener Ahnung allgemeiner Gesetze, deren Darstellungsweisen wir kennen gelernt haben, eine reiche

Mannigfaltigkeit eigenthümlicher Wirklichkeit untergeordnet zu sehen verlangen, so wollen wir hier noch nicht von dem bestimmten Plane sprechen, der die Individualität eines Kunstwerkes bildet. Vielmehr wie eine allgemeine Geweblehre des thierischen Körpers die allgemeinen Bildungstriebe der verschiedenen Massen kennen lehrt, die sich bald zu dieser bald zu jener umschliessenden Endgestalt eines lebendigen Geschöpfs zusammenthun, so liegt uns hier nur an den überall benutzbaren Verbindungsweisen, durch welche ein gegebenes Mannigfaltiges sich zur Darstellung irgend eines Planes vereinigen lässt. Der Aufbau einer bedeutungsvollen Welt auf dem Grunde allgemeiner Gesetze verlangt aber nicht nur die Gegenwart eines unberechenbaren Wirklichen, das den festen Grund aller Erscheinungen darbietet; nicht nur ferner, dass jedem so Gegebenen ein eigenthümlicher Bildungstrieb inwohne, den der Lauf der Ereignisse zwar zu immer grösserer Entfaltung aufregen, aber nie aus dem geschlossenen Kreise seiner Entwicklung herausdrängen kann, sondern er erfordert wesentlich auch ein gegenseitiges Verständniss der vereinzelten Mannigfaltigkeit, eine Unterordnung derselben unter allgemeinere Gattungen, eine innere Wahlverwandtschaft, die durch die äusserlichen Unterschiede hindurch leuchtend, für alles Vorhandene entgegenkommende, liebende Gegenbilder schafft. So erst entsteht die Möglichkeit von Ereignissen, die nicht nur bunten Wechsel des Unvergleichbaren, sondern bedeutsames Zusammenwirken des innerlich auf sich Bezogenen verrathen. Jene erste Grundlage nun, das unberechenbare Wirkliche wird jeder Kunst in ihrem Stoffe ohnehin gegeben, und wir haben früher angedeutet, welcher Reiz in dieser Anerkennung einer sinnlichen Realität liegt, deren Ursprung wir nicht weiter verfolgen können; die innerlichen Lebenstriebe werden nicht minder in diesem Stoffe selbst gefunden und nur darin hat die Kunst sich zu mühen, dass sie vollständig ihren Reichthum zur Anwendung bringt, und anderseits keine andern Weisen der Entwicklung dem Stoffe aufdrängt, als ihm, mit dem zu wirken sie sich einmal entschlossen hat, natürlich sind. Auch jene Wahlverwandtschaften endlich, auf denen im Leben wie in der Kunst so vieler Reiz des Daseins beruht, wird sie in ihm selbst aufzusuchen, und ihre Entwicklung so zu gestalten haben, dass sie den allgemeinen Anforderungen des Geistes an Wahrheit der Schönheit genügt. Auf so bereitetem Boden mag sie dann unternehmen, den ganzen Reichthum der vorhandenen Mittel zu einem lebendigen individuellen Ganzen zu verbinden, für dessen Beseelung sie dem Geiste der Schönheit verantwortlich ist. Auch in Bezug auf alle diese Anforderungen nun erfreut sich die Musik des günstigsten Schicksals und keine Kunst ist so sehr wie sie geeignet, in dem blossen Spiele der Formen alle wesentlichen Seiten der Schönheit auszudrücken. Sie besitzt in den Tönen nicht nur eine Mannigfaltigkeit überhaupt, sondern eine solche, deren einzelne Glieder in den reizendsten Verwandtschaften stehen. Wenn die Sprache von höhern und tiefern Tönen redet, so drückt sie damit das ganz deutliche Gefühl aus, dass eine Grössenverschiedenheit diesem Unterschiede zu Grunde liege; aber es ist nicht eine unmittelbar äussere Stärke oder Dauer der Wahrnehmung, sondern eine Steigerung der innern Kräftigkeit des Wesens selbst, die den höhern Ton über den niedern stellt, und doch die höchsten, gleichsam die Grenzen ihrer Anstrengung überfliegend, wieder der stilleren Gewalt der tieferen unterordnet. Der leere Gedanke der intensiven Grösse wird uns selbst gewissermassen durch diese Natur der Klänge versinnlicht, und wenn jeder in ihrer Reihe seine bestimmte Stelle findet, so sehen wir doch nicht einen einfachen Fortschritt der Steigerung, sondern die höhern Töne scheinen nur weiter in ein Land des Lebens hineinzusehn, aber diese Fernsicht durch Aufopferung schwindender Lebenskräfte zu erkaufen. Und nun treten zwischen diesen einfachen Fortschritt die bestimmten Verwandtschaften der einzelnen Tonstufen hinein; nicht gleichgültig strebt der niedere Ton zum höhern auf, sondern an jedem Punkte seiner Laufbahn rückt ihm das gewonnene Lebensgefühl andere Erinnerungen des Früheren nahe, oder macht ihm auf einen Augenblick die Stimmungen unverständlich, in die er früher aufging. Wenige Töne der Skala schon sind ein solches Abbild des Lebens, und wir dürfen nicht fürchten, in dieser Ausdeutung eine spielende Vergleichung zu sehen, die fremdartiges in den Gegenstand unserer Betrachtung einführt. Denn dieses Zusammenfassen früherer Erlebnisse in eine wiedererzeugende Erinnerung, diese Wahlverwandtschaft, mit der sich das Herz an irgend einer Stelle seiner Entwicklung zu einzelnen Augenblicken seines frühern Lebens hingezogen fühlt und ihre verschwundenen Stimmungen leise wieder anklingt, dies alles sind Formen der Entfaltung, auf denen das Leben aller Geister viel wesentlicher ruht, als der freilich zugeben wird, der sie für unvorbedachte Zufälle im Laufe einer nothwendigen Gedankenbewegung ansieht. Woher auch immer die Harmonien der Töne kommen mögen, und auf welche Weise Thätigkeiten des Körpers und der Seele an das eine Verhältniss die Lust des Einklangs, an das andere den augenblicklichen Schmerz unaufgelösten Widerstreits knüpfen mögen, sobald sie einmal vorhanden sind, empfindet der Geist in ihnen nicht mehr diese Weise ihrer Entstehung, sondern freut sich nur dieser klaren Erinnerung an die bewegendsten Formen seines Lebens, die sie ihm vorführen. Und eben deswegen haben wir von den Harmonien gleich so geredet, wie sie in der aufsteigenden Reihe der Töne sich einstellen; denn nicht darauf, dass überhaupt Consonanzen und Dissonanzen vorhanden sind, beruht das Wesentliche der Töne, noch würde die Musik damit allein ihre Aufgaben zu lösen wissen. Sondern dies ist der Zauber, dass der Klang keine neue höhere Stufe erreichen kann, ohne dass sogleich eine plötzliche und doch von einem verschwiegenen Gesetze beherrschte Verschiebung der ganzen Welt von Tongestalten widerführe, zu

der er in stiller Wahlverwandtschaft sich hingezogen fühlt.
Aber auch diese Verwandlung geht nicht ins ungemessene
Weite; der Musik ist gegeben, was der Malerei versagt ist,
das Leben ihrer Töne wieder in seinen Anfang zurückkehren
zu sehen, und doch liegt dieser Anfang jetzt in einer höheren Welt. So vollenden die Octaven, aus der gewaltigen
Nacht und Ferne der tiefen Töne beginnend, mehrmals vor
unserm Geiste den Kreislauf dieses Lebens, dessen Ende in
seliger Schwäche verklingt, und die Tonwelt steht uns gegenüber als das vollendetste Bild einer Gesetzlichkeit, die in
Fleisch und Blut der Wirklichkeit übergegangen, alle Züge
des Weltlaufs der schaffenden Kunst zur Verwendung anbietet.

Denn in der That bilden in dem Weltbau der Musik alle
diese Verhältnisse doch nur die stillen Leitern, an denen die
Engel der Melodie auf und niedersteigen. Eingeschlossen in
die allgemeine Gesetzlichkeit des Zeitmasses, aber in seine
Abschnitte bald grössere bald geringere Schritte der Entwicklung eindrängend, bald ihnen zuvoreilend, bald mit
Widerstreben nachfolgend, zuweilen mit Hingebung sich auf
ihren Wellen wiegend, erscheint nun erst die Melodie, die
angeborne innere Lust der Entwicklung in reiches geschicht-
liches Leben auszuströmen. Wir versuchen nicht, was unmöglich wäre, die Erfindung der Melodie an berechenbare
Gesetze zu knüpfen, aber wir suchen einige Beziehungen
hervor, an denen in der einmal vorhandenen die Theilnahme
des Geistes haftet. Von aller Entwicklung verlangt er zuerst
eine innere Nothwendigkeit ihres Ganges, und er findet sie
hier im Laufe der Melodie; denn der einzelne zuerst anklin-
gende Ton zwar ist noch ein unentschiedener Keim, dem die
Entfaltung nach allen Richtungen des Tonreichs noch offen
steht; aber wenig willkührliche Schritte genügen, um jene
Gesetzlichkeit harmonischer Töne neben ihm anzuklingen, in
deren Schranken das Leben der Melodie allein weiter sich
entwickeln kann. Wie der Geist bei dem ungebundensten
Schweifen seiner Gedanken doch immer nur in wenigen an-

gestammten Zügen einen Ruhepunkt findet, so kann auch
die Melodie nicht ins Masslose und in willkührliche Verknüpfung von Tönen übergehn, sondern muss um einige
feste Grundlagen kreisen, aus denen sie neue Kraft schöpft,
und die meisten ihrer Töne werden nur Windungen eines
Weges sein, zu Stellen führend, von denen die Aussicht
auf diese beharrlichen Züge der Harmonie sich mannigfach
wechselnd eröffnet. In dieser Natur der Melodie, eine Auflösung harmonischer Tonverhältnisse zu sein, sehen wir jedoch nur die eine Forderung befriedigt, dass die Entwicklung aus einem festen Kerne angeborner Natur nach allgemeinen Gesetzen erfolge. Aber keine Entfaltung ist nur diese
Ausbreitung dessen, was im Keime vorhanden lag; vielmehr
wirken äussere Einflüsse ein, um ihr eine bestimmte Richtung zu geben, und die einmal getriebene Blüthe hindert
das Sprossen anderer, um nach verschiedenen Seiten hin
desto mehr zu treiben. Und das Gesetz der Entwicklung
selbst finden wir nirgend nackt und bloss ausgesprochen,
sondern alles Leben überkleidet es mit einer reichen Fülle
unberechenbarer Wirklichkeit und fügt sich seinen Geboten
nur, indem es zugleich einen leisen Hang ursprünglicher Eigenthümlichkeit gewähren lässt. So muss denn auch die
Melodie ihren Reiz in der besonderen Art ihrer Bewegungen
finden, mit denen sie die feststehenden Punkte der Harmonie vereinigt, und je reicher sie hierin die allgemeinen Formen des Lebens ausdrückt, desto ergreifender wird ihre
Wirkung sein. Wir dürfen nur flüchtig an jene bekannten
Figuren erinnern, welche die gewöhnlichen Bestandtheile aller Melodien sind, und deren Deutung sich leicht genug von
selbst ergibt. Bald hören wir alle Töne der Stufenleiter in
geordneter Reihe sich vor uns entfalten, wie sie einer zu
erringenden Höhe mit gemessener Kraft, stetige Entwicklung
versinnlichend zustreben, oder absteigend sich mit eben so
gefasster Entsagung in den Grund der Harmonie begraben,
aus dem ihr Spiel entstand; bald hören wir dieselbe Reihe

flüchtig auf und absteigend uns an die Unermesslichkeit des Tonreichs erinnern, das die sich entwickelnden einzelnen Gedanken umgibt, ähnlich wie zwischen die Stetigkeit unserer beschränkten Entschlüsse zuweilen die Ahnung der ringsum schlummernden Unendlichkeit tritt. Dann überspringt plötzlich die Melodie die schwach ansteigenden Mittelstufen und erklimmt in wenigen Sprüngen, von Gipfel zu Gipfel schreitend, die festen Punkte der Harmonie, auf denen sie sicher sich wiegt, um doch bald einen neuen Lauf durch die Mannigfaltigkeit der Töne zu beginnen. Auch nicht überall strebt sie auf dem kürzesten Wege ihrem Ziele zu; reizender als diese Sicherheit der todten Nothwendigkeit sind die Fehler der lebendigen Entwicklung, deren Kräfte bald in überschwellender Schwingung über das Ziel hinausschweifen, und dann erschöpft in immer schwächerem Aufschwunge von ihm zu lassen genöthigt sind, bis sie tiefer einen Ruhepunkt finden, den ihnen die Höhe nicht gewährte, bald auch entwickeln sie nach vergeblichen Versuchen erst die sichere Bewegung, die von Stufe zu Stufe sie an das ersehnte Ziel führt. So kreisen die Töne, wie alles geistige Leben, um einen Mittelpunkt, dessen Macht über ihre Bewegungen deutlicher ist in der Reihe wiederholter Annäherungen, als sie je durch eine schnelle sichere Erreichung sein würde. Allen diesen Formen der Bewegung nun weiss überdiess die Musik noch den Ausdruck ihrer innern Kraft oder der Gesinnung mitzugeben, von der sie beseelt werden, indem sie durch die verschiedene Geschwindigkeit der Tonfolge, oder durch die Mannigfaltigkeit der Verbindungen, bald durch ein Ineinanderhauchen, bald durch ein zögerndes, abgeschnittenes Schreiten der Töne den seelenvollen Ausdruck des lebendigen Ganges nachahmt.

Solche feststehende Figuren nun soll endlich, und dies ist die dritte Forderung, die wir an sie zu richten haben, die Melodie zu einem beseelten Ganzen verbinden, das in aller seiner Mannigfaltigkeit doch eine Gesetzmässigkeit innerer Entwicklung zeigt. Wie wenig es hier auch möglich sein wird, das Schöne durch Ueberlegungen zu erzeugen, so gewahren wir doch auch hier noch allgemeine Formen, in denen es enthalten ist. Kaum wird es irgendwo eine Entwicklung geben, die geradlinig durch immer unähnliche Veränderungen ins Unendliche fortliefe. Mit derselben Neigung ihres gestaltenden Triebes, dem die einfachen Formen der Blätter entsprangen, nur auf einem überhaupt höher gelegenen Boden ihres Wirkens entfaltet die Pflanze die geistigeren Gestalten der Blüthe und selbst die zusammengeschlossenen Umrisse der Frucht; so wird auch jede Entwicklung überhaupt als eine allmähliche Bereicherung und Vertiefung eines ursprünglichen Gedankens in sich selbst betrachtet werden müssen. Die neue Umgebung, in welche der erste sprossende Theil emporwuchs, die neuen Kräfte, die auf ihn jetzt wirken, lassen ihn nicht Früheres einfach wiederholen, sondern nur eigenthümlich fortbilden; die Veränderung, die der Keim durch seine eigne Entwicklung erlitten hat, gibt seinem spätern Wachsthum andere Richtungen oder bildet selbst gegen die frühere aus Erschöpfung der Empfänglichkeit einen Rückstoss, der erst nach einer abweichenden Reihe von Gestaltungen in die alte Bahn wieder einlenkt und zum endlichen Abschlusse führt. Die Aufgabe der Kunst ist es nun, durch diese vervielfältigte Entwicklung den schlummernden Reichthum eines Melodienkeimes zu erschöpfen. Das Metrum der Poesie vertritt durch den Wechsel betonter und unbetonter Sylben oder langer und kurzer Laute die Melodie der Musik, und hier sehen wir leicht, wie eine bestimmte Gliederung der Hebungen und Senkungen regelmässige Ansätze zu Melodien hervorbringt. Betrachten wir, ohne übrigens der ganz verschiedenen Anschauungsweise der philologischen Metrik vorzugreifen, eine iambische Dipodie als den einfachen Kern einer Alkaischen Strophe, so sehen wir in ihren ersten beiden Zeilen zweimal vergeblich diesen Aufschwung nach einem höhern Gebiete sich erheben, und in

einem logaödischen Ausgange die aufgewandte Kraft sich
wieder senken; erst in der dritten gelangt die nochmals auf-
gebotene Anstrengung dahin, eine Zeit lang unverwandt den
ersehnten Gang einhalten zu können, bis dem gesteigerten
Versuche wieder der besänftigende und mit trochäischem
Ausgang länger nachhallende Schluss folgt. Wie nun hier
lebendige Entwicklung dadurch entsteht, dass eine Hebung
die rückkehrende Senkung vorbereitet, so sehen wir auch
in der Musik Melodien sich dadurch ausbreiten, dass ihr er-
ster Anlauf eine antithetische Umkehrung ihrer Bewegung
hervorlockt, ein Mittel, das die Kunst auch auf andern Gebieten wie in der entsprechenden Bildung räumlich entge-
gengesetzter Richtungen benutzt. Während aber das Metrum
nur durch farblose Zeichnung dies aussprach, und die Senkung genau auf den Pfad der Hebung zurückleitete, darf die
Musik jene Ausweichungen in die verwandten Tonarten benutzen, durch welche die rückkehrende Thätigkeit eine Spur
ihrer Verwandlung an sich trägt, und um so kräftiger und
eigenthümlicher den bessern Erfolg begründet, den die neu
sich zusammenfassende Kraft später erringt. Es würde nicht
schwer sein, auf diese Doppelheit von Gegensätzen, deren
zweiter durch den ersten begünstigt, auf höherem Gebiete
weilt, jene einfachen den erwähnten metrischen Strophen
ähnlichen Musiksätze zurückzuführen, die in dem gewöhnlichen Masse der acht Takte sich vollenden. Diese einfachste
Fortpflanzungsweise einer Melodie aus sich selbst kann durch
andere eben so natürliche Mittel bereichert werden. Unter
passender Benutzung des veränderlichen Zeitmasses, das den
Fortschritt der Töne bald eilen, bald zögern lässt, kann die
Melodie zuerst flüchtig einzelne ihrer Schritte mit leichtem
vergänglichen Schmucke bekleiden; und durch eine innere
Ausdehnung vermögen diese Nebenkeime allmählich zu bedeutungsvollen Gegensätzen zu erwachsen, die sich mit dem
ursprünglichen Gedanken verschlingen und ihn für Augenblicke vielleicht in andere Harmonien auszuweichen nöthigen.

Endlich, wie die Kraft jeder Entwicklung zunächst an der Bewältigung zufälliger Hindernisse geprüft wird, so kann dem Strome der Melodie ein fremdartiges Element zuerst überraschend eingemischt, sie selbst aber dadurch gezwungen werden, zu seiner Verschmelzung mit ihrem ursprünglichen Bildungstriebe alle Kraft ihrer Beweglichkeit aufzubieten.

Die Baukunst entbehrt viele der Hilfsmittel, welche der Musik zu Gebot stehn, und selbst diejenigen, die sie besitzt, kann sie nicht nach allen Seiten hin erschöpfend benutzen. Zwar man sollte meinen, dass eine Kunst, die in drei Ausdehnungen des Raums alle möglichen Grössenverhältnisse darstellen kann, an ihnen überreiche Mittel besitzen müsste, um die Mannigfaltigkeit der Musik nachzuahmen. Allein Grössen, so wichtig sie auch hier sind, bedeuten in der Architectur doch nichts an sich selbst. Sie kommen nur in Betracht als Masse der strebenden Kräfte, die im Bauwerk walten, und was als Zahlenverhältniss an sich vielleicht einfach, harmonisch, oder von regelmässiger Mannigfaltigkeit ist, kann trotz dem als architectonisches Verhältniss nüchtern, leblos und unbedeutend sein. Legen wir in der Vorstellung ein Bauwerk auf seine Spitze oder seine Seite um, so machen seine Linien, die ihre Symmetrie hier nicht verlieren, keinen Eindruck mehr, sie sind sinnlos für wagerechte Lagerungen, während sie schön waren für die Richtung der Schwere. Wer daher nach psychologischen Ansichten musicalische und architectonische Verhältnisse vergleichen und etwa Dicke des Säulenfusses, Höhe und Verjüngung nach einfachen Zahlen abmessen wollte, würde sich sehr über die Natur seines Gegenstandes täuschen, dessen Massverhältnisse verwickelter sind. Und wenn die Baumeister des Mittelalters den Massen ihrer Dome verwickelte Kreistheilungen und Aehnliches zu Grunde legten, so ist dies zwar für den berechnenden und versuchenden Verstand das nächste Hilfsmittel, einen erkennbaren Geist in das künftige Ganze zu bringen, aber die Schönheit des Vollendeten wird selten ohne unwillkührliche

Abweichung von diesem vorgezeichneten Gerüst entstanden sein. Man darf den Stoff in der Architectur nie als blosses Substrat der Ausdehnung, man muss ihn vielmehr als Masse betrachten, und nur die in dieser schlummernden Kräfte sind die Mittel, mit welchen die Baukunst schöne Wirkungen erzielt. Der Musik nun sind ihre Stoffe, die Töne in ihrer ganzen Gesetzmässigkeit gegeben, die Architectur hat die ihrigen aus der Natur mit Wahl und Umsicht zu entlehnen, und sie wird zu künstlerischer Benutzung nicht alles aufnehmen dürfen, was sonst für die mechanische Ausführung ihrer Werke passend sein würde. Baukunst beginnt erst da, wo der Gegensatz zwischen Trägern und Lasten in irgend einer Weise deutlich die belebende Seele des Ganzen ausmacht, und für diesen Ausdruck müssen die Stoffe gewählt werden. Unsere Häuser, welche nur durchlöcherte Ausdehnungen sind, und jede Erinnerung an die Kraft des verwendeten Materials durch möglichst gleichförmige Tünche verdecken, können nur für Erzeugnisse des dringenden Bedürfnisses gelten. Verlangen wir nun aber, dass die innere wirklich zusammenhaltende Kraft des Bauwerks sich auch im Aeussern zeige, so kommen wir schon bei der ersten Forderung, der Wahl des Stoffes, auf Folgerungen, die in manchem Betracht Anstoss geben mögen. Zwar, dass Holz kein Stoff für höhere Baukunst sei, gibt man leicht zu; in der That ist die Erinnerung an den Vegetationsprocess, durch den es entstand, und der so gänzlich seiner Verwendung im Bauwerk fremd ist, in Jedem zu lebhaft, und wird unterhalten durch die Faserung, die nur selten mit der Richtung übereinstimmt, in welcher die Kunst den Ausdruck lebhaft strebender Kräfte des Zusammenhanges verlangt. Gleichförmige Stein- und Metallmassen, die der Kunst erlauben, an ihnen jede Spur der Entwicklung willkührlich auszudrücken, werden ihr allein geeignet sein, und hier hat sie darauf Rücksicht zu nehmen, die Formen der Gestaltung der Natur derselben anzupassen. Gewiss wird so etwa das Eisen

schlankere Formen durch seine beträchtliche Cohäsion gestatten, als der körnige Stein, der immer bis zu gewissem Grade
den Mangel seines Zusammenhangs durch Breite der aufge-
wandten Massen ersetzen muss. Aber auch die übrigen Eigenschaften des Stoffes dürfen nicht so selbstständig hervortreten, dass sie seine Bestimmung, zu tragen und getragen zu werden, verdecken. Die weissen, lichtzurückstrah-
lenden Flächen des Marmors mögen eine Last wohl bezeichnen, die breit in der Wirklichkeit Platz nimmt, aber die
tragenden Säulen bedürfen in diesem Falle jener Canellirun-
gen, die durch ein leichtes Spiel des Schattens ihre Breite
weniger massenhaft und ihre emporstrebende Länge desto
vielfältiger hervortreten lassen. Für gothische Baukunst aber,
in welcher Last und Träger sich zu dem gemeinschaftlichen
Ausdrucke quellenden Wachsthums verschmelzen, werden
wir überall einförmig dunkle Stoffe vorziehen müssen. Bunte
Farben nun ohnehin haben keinen Sinn für die wesentlichen
Theile eines Bauwerks. Vielleicht haben wir, die im Lande
des Schattens und des Schnees leben, nicht genug Empfänglichkeit für den Farbenreichthum, mit dem die südli-
chen Griechen ihre Gebäude bedeckten, vielleicht aber haben wir auch Recht, wenn wir diese Bemalung verschmä-
hen. Denn einmal verlangen wir, dass die festen zusam-
menhaltenden Skelettheile des Gebäudes sich aller Fremdar-
tigkeiten enthalten, die zu ihrer Bestimmung nichts helfen,
und ihre Färbung macht uns denselben verwirrenden Eindruck, den etwa ein Pfauenskelet machen würde, wenn es
in allen Farben schillerte, mit denen die Augenpunkte des
Schwanzes glänzen. Treten nun die Malereien, nicht nur an
den freien Ebenen der Wand und Giebelfelder, sondern an
Theilen, die selbst in die Construction wesentlich mit ein-
gehn, als Schmuckwerk auf, so ist uns auch dies zuwider,
denn wir müssen verlangen, dass auch die Ornamente in
ihrer Gestalt die letzten Ausblühungen der Construction selbst
sind. Endlich widersteht uns im Allgemeinen diese Lüge,

mit der die Kunst von aussen auf das Material eine Farben-
pracht aufträgt, die weder in der für den architectonischen
Zweck benutzten strebenden Kraft der Masse, noch sonst in
irgend einer andern ihrer Eigenschaften einen Grund hat.
Für die äussere Gestalt des Bauwerks verlangen wir daher
Einfachheit und Gleichartigkeit der Mittel, und vor allem
Wahrheit derselben. Wollte Jemand Steinmassen mit Metal-
len verbinden, so wären dies wenigstens verwandte Stoffe,
und die im Glanze fast untergehenden Farben der Metalle
würden sich bei passender Auswahl leichter als Verklärun-
gen des gröberen Materials fassen lassen, und so könnte
vielleicht eine Steigerung von undurchsichtigem Material in
den Fundamenten bis zu glänzenderen durchscheinenden Mitteln in den ausklingenden Gipfeln nicht unschön sein. Dieselben Forderungen, die wir hier an die Architectur stellen,
richten wir natürlich auch an die Sculptur. Man hat früher
mit ganz richtigem Sinne die Bemalung der Statuen für
eine Barbarei gehalten; jetzt nachdem sich herausgestellt,
dass diese Färbungen eine bei den Griechen sehr verbreitete
Sitte waren, hat man bereits angefangen, seine Ueberzeu-
gungen nach dem Geschmacke der Alten umzuändern. Auch
die Sculptur muss sich nach ihrem Material bequemen. In
der klaren, einförmigen Masse des Steins aber liegen an sich
höchstens Kräfte der Gestaltbildung und der Krystallisation;
diesen Keim kann allerdings die Kunst ohne zu grosse Un-
wahrscheinlichkeit so entwickeln, dass statt in die geometrische Regelmässigkeit des Krystalls, sich die Masse vielmehr
in die unberechenbare Gesetzmässigkeit einer lebendigen Gestalt einfügt. Aber ein inneres Leben fortwährender Ernäh-
rung und beständige Regsamkeit kann man unmöglich in die
Masse hineindichten. Und doch kommt es darauf wesentlich
an; denn der Mensch ist kein angestrichenes Geschöpf, vielmehr ist seine Färbung nur der veränderliche Ausdruck des
flüchtig wechselnden innern Lebens selbst.

Der Architectur steht mithin in ihren Materialien keine

so grosse Mannigfaltigkeit der Elemente zu Gebot, wie der
Musik in ihren Tönen. Auch die harmonischen Grundverhältnisse, die sie zur Ausführung ihrer Gedanken benutzt,
sind beschränkter. Wir müssen sie in jenen ursprünglichen
Lebenstrieben der Massen suchen, durch welche sie auf bestimmte eigenthümliche Weise, und zwar auf eine überall in
dem Ganzen eines Werkes festgehaltene, ihre Bestimmung erfüllen, also in den Stylelementen, die sich in der Verknü-
pfungsweise zwischen Träger und Last zeigen. Deutlich un-
terschieden treten diese beiden Theile zuerst im griechischen
Säulenbau hervor, dessen horizontale Lasten die senkrecht
aufstrebende Kraft der Stützen durchschneiden, zwischen beiden keine andere Vermittlung, als die, die sich in der Rück-
wirkung des Druckes auf die Schwellung der Säule, in der
Ausdehnung ihres Knaufes und der Gestaltung der ausladen-
den Theile zeigt. Denn die vielen horizontalen Schichtungen,
welche das Dachgebälk zeichnen, dienen weniger zu einer
Vermittlung mit der Säule, als zur vervielfältigten und ein-
dringlicheren Darstellung der ganz andern Richtung, in welcher hier der Zusammenhalt wirkt. Dieser entschiedene Gegensatz, dessen bekannte weitere Einzelheiten wir übergehen, erhält zuerst eine Weiterbildung in den Rundbögen,
welche die senkrechte Kraft der Säulen mit der Last vermitteln sollen. Viele Versuche dieser Art sind ohne Zweifel
sehr misslungen. Einfache Säulen, besonders wo sie so
dicht stehen, als dies meist im Alterthum der Fall war, sind
kraftvoll genug, um ohne weitere Vermittlung die Lasten zu
tragen. Ihre Verbindung durch Arkaden aber nöthigt zu
grösserer Weite der Zwischenräume, wenn die Bögen nicht
kleinlich erscheinen sollen; dann aber ist es oft unbegreif-
lich, wie aus dem schlanken Körper der Säule diese ziemlich massenhafte Kraft des Bogens selbst ausgehn könne, um
ihrerseits die Last des Architravs zu tragen. Viele dieser
Anwendungen von Arkaden, namentlich wie sie in Basiliken
vorzukommen pflegen, machen einen so verwirrenden Ein-

druck; es ist klar, dass der eigentliche Säulenkörper zu
schwache Füsse hat, um mit so starken Armen die unge-
heuere Last des Architravs halten zu können. Und dies
wird durch die spätere Erfindung des Kämpfers nicht wesentlich gebessert, denn wenn er auch eine gewisse Form-
vermittlung zwischen Säule und Arkade enthalten mag, so
erklärt er doch den Ursprung der Kraft der letztern nicht.
Man hat daher schon früh die tragenden Säulen verdoppelt,
und auf jede nur einen Arm des Rundbogens gestützt; aber
eine wesentliche Formenharmonie scheint nur da einzutreten,
wo man der Kraft der Säule einen Rückhalt an ungestalteter
Masse gab; d. h. wo man einen Theil des unorganischen
Mauerwerks, das sonst hinter der Säulenreihe lag, in sie
hineinzog, und so einen hinlänglichen Körper schuf, von
welchem aus rechts und links die weiterstrebenden Bögen
ausgehen: dann erscheinen die Arkaden als der Ausdruck
einer aufgesparten und gesammelten Kraft, die in der Masse
verborgen lag, und allmählich in andeutenden Ornamenten
mehr und mehr hervortritt, um in den einzelnen Säulen, auf
denen die innere Bogenwölbung ruht, nur ihren entschieden-
sten glücklichsten Ausdruck zu finden. Dies ist der Charakter, den allerdings nach vortrefflichen antiken Vorgängen,
der romanische Rundbogenstyl in seinen schönsten Monu-
menten zeigt, und mit dem seine Ornamentistik vollkommen
übereinstimmt. Denn von dem architectonischen Schmuck-
werke verlangen wir, dass es uns entweder den Charakter
der strebenden Kraft in ihrem höchsten Affecte durch einen
Reichthum innerlich gegliederter Wiederholungen ausdrücke,
gleich den Schaumwirbeln, die der endliche Zusammenstoss
der Fluthen erregt, oder dass es in der Ausdehnung der in-
differenten Mauermassen uns allmählich aufwachende Triebe
der Gestaltung zeige, die immer deutlicher und entschiede-
ner ihrem letzten Ausdruck zustreben, gleich den weit ausgedehnten Furchungen, mit denen die Fläche des Meers den
Ort des höchsten Kampfs der Elemente umzieht; gibt es

endlich zwischen diesen streitenden Strömen kleinere Inseln ruhigeren Wassers, so sollen doch auch die leichten Kräuselungen, die ihre Oberfläche bewegen, nur als die letzten feinen Durchschnitte der Richtungen erscheinen, in deren Verlängerung man auf die wahrhaft wirkenden Kräfte stossen würde. So erfüllen die schlanken Säulen, nur in ihren Knäufen zu plötzlichem kräftigen Leben erwachend, den ersten Wunsch, während die Vervielfältigung der concentrischen Rundbögen, die zuerst in der Mauermasse nur angedeutet, dann immer bestimmter hervorgehoben, immer dichter liegend, immer reicher in lebendigen Schmuck ausbrechend, endlich die innere Wölbung scharf begrenzen, dem zweiten ein Genüge thun; und jene Kreisbogenfriese und Lissenen, all jenes Schmuckwerk aus getheilten, verschlungenen und in sich vervielfältigten Rundbögen deutet den Nachhall derselben bildenden Kraft in den scheinbar ruhigen Theilen des Baues an. Noch sehr weit von dieser Schönheit entfernt sind freilich die sehr häufig vorkommenden Anwendungen des Rundbogens in der früheren Zeit dieses Styls. Der Bogen ist hier oft nicht eine hervorspringende reich ornamentirte Form eines constructiven strebenden Bautheils, sondern nur der Contour des Loches, das im Mauerwerk sich befindet. Dadurch werden die Säulen, die die innere Wölbung des Bogens auskleiden, zwecklos, und wirken eben so unangenehm als die andern, welche die Scheidewand paarweis gekuppelter Fenster bilden und über ihrem Kapital auch nichts anders als eine formlose Mauermasse tragen, in die sich ihre aufstrebende Kraft nirgends fortsetzt.

Der gleichförmig steigende und sinkende Kreisbogen bildet ein Stylelement, das durch seine ruhige und gemessene Kraft am nächsten mit der Heiterkeit und Sicherheit griechischer Bauweise zusammenstimmt. Man könnte fragen, ob nicht andere belebtere Formen der Bögen noch höhere Eindrücke bewirken würden. Aber man findet bald, wie beschränkt doch die Auswahl unter geometrischen Formen ist, die nicht blos als solche, sondern zugleich als Formen eines architectonischen Gestaltungstriebes gelten sollen. Der sarazenische Hufeisenbogen, mit seinen zunächst auseinanderweichenden Armen, ist ohne Zweifel ein belebtes elastisches Gebilde, und gewiss darf seine Federkraft die nach aussen verschlossene Steinmasse maurischer Gebäude gewaltsam zu einem Portal auseinanderdrängen, ohne unschön zu werden. Wie anders dagegen nimmt sich seine Anwendung in der Moschee von Cordova aus, wo die Elasticität der vielen gleich Sprungfedern aneinandergedrückten Bögen nicht nur nach oben tragend wirkt, sondern auch so augenscheinlich spannend nach den Seiten hin, dass man eine plötzliche Explosion durch ihr Zurückschnellen aus ihrer gezwungenen Lage erwarten sollte. Dieser Bogen ist keine bildende, sondern eine zerstörende Kraft in der Masse, und er bedarf jene breite rechtwinklige Einfassung, mit der die Mauren seiner allzu grossen Lebendigkeit Schranken zu setzen suchten. Auch andere elliptische, parabolische und ähnliche Bögen haben keinen bestimmten architectonischen Sinn, so wenig als jene nach oben concaven Ausschweifungen, wie wir sie bei Chinesen finden, und wie sie wohl nur bei Völkern heimisch sein werden, deren Baukunst aus dem Hängewerk von Zelten, nicht aus einem Festbau hervorging.

Von ganz anderer Herrlichkeit ist der Spitzbogenstyl der gothischen Architectur, dessen allgemeinster Charakter in der Verdrängung der todten Lasten und in der Verschmelzung der Träger und des Getragenen zu lebendigem Wachsthum besteht. Nur wenige Züge dieser bekannten Schönheit hat unser gegenwärtiger Zusammenhang zu berühren. Der Spitzbogen eignet sich bei weitem weniger als der Rundbogen zu dem ästhetischen Ausdrucke einer tragenden Spannung, wie gross auch seine mechanische Tauglichkeit sein mag; es würde schwer sein, mit ihm die horizontalen Linien einer Last auf eine lebendige Weise zu vermitteln, und man kann in der That wohl die Frage aufwerfen, ob es der gothischen

Architectur gelungen ist, die Schwierigkeiten ganz zu über-
wältigen, die hierin liegen. Im Innern freilich haben die
Gewölbformen, in den Thürmen die steilen Seiten der End-
pyramiden eine schöne Auskunft geboten; aber die grossen
völlig unorganisirten Dachflächen des Aeussern versinnlichen
zu deutlich eine Last, für die es doch keine eigentlichen
Träger gibt, und die nur für nahe Standpunkte hinter der
lebendigen Zierlichkeit der Fensterspitzgiebel und Nebenthürmchen verschwindet. Und dennoch glauben wir nicht, dass
man diese Dachflächen ganz verdecken dürfte: eine einfachere und homogenere Construction muss allerdings wohl
dem Auge hier einen Ruhepunkt gewähren, aber es ist nicht
nöthig, dass dies in der Einförmigkeit geschehe, wie häufig
bei kleineren Kirchen der Fall ist. Mit diesem lastlos auf-
strebenden Charakter der Spitzbögen hängt folgerichtig die
Gestaltung der übrigen Bautheile und des Schmuckwerks zusammen. Die Decken, für welche schon der romanische
Styl der horizontalen Ueberlagerung einfache Gewölbe oder
kreisförmige Kuppeln substituiren konnte, bedürfen einer
innern Gewölbgliederung, durch die sie sich noch deutlicher
nicht als ruhende Last, sondern als letzte Ausbreitung und
Entwicklung der Fundamente darstellen, und so werden an-
statt der Consolen in massiven Mauertheilen, oder statt der
Rundsäulen, von denen die Arkaden des romanischen Styls
noch ausgehen konnten, vielfach gegliederte Pfeiler auftreten.
Ihnen gebührt nicht mehr eine kreisrunde Basis, sondern
als eine Ansammlung aller der Keime, die sich im Rippen-
werke der Gewölbe entfalten, müssen sie vielfach einge-
schnittene und unterhöhlte Profile zeigen, deren Vorsprünge
durch ihre Grösse die Kraft und Richtung der aus ihnen ent-
springenden Zweige und so den ganzen Bau des Gewölbes
voraus andeuten. Und mit dieser allgemeinen Tendenz, die
trägen Massen zum Verschwinden zu bringen, hängt auf bekannte Weise die Bildung der Strebepfeiler und Strebebö-
gen, so wie anderseits jene Ornamentistik auf das Engste zu-

sammen, die überall die gestaltenden Kräfte des Steins in eine Art krystallinischer Vegetation ausblühen lässt. Je trefflicher indessen alle Züge dieser Bauweise zusammenhängen, desto mehr muss man auch an einem ausgeführten Werke einen gewissen Reichthum ihrer Entwicklung verlangen. Freilich öffnet sich uns schon das Herz, wenn wir in einer einförmigen Mauermasse auch nur ein verlornes gothisches Ornament finden; allein als Ganzes sind diejenigen gothischen Bauwerke doch ziemlich unschön, die diesen Styl nackt und ohne seinen wunderbaren Reichthum zeigen. Wie ungeschickt und unbehilflich werden z. B. die Strebepfeiler und ihre Verbindungsbögen mit dem Kerne des Baus, wenn sie in todter Massenhaftigkeit nur ihren technischen Zweck zur Schau tragen! Den Sinn für die schöne Gestaltung des Ganzen sehen wir überhaupt in der gothischen Baukunst nicht ebenso früh und ebenso lebhaft ausgebildet, als den für die strenge architectonische Schönheit des Einzelnen, während umgekehrt der Styl der Renaissance bei aller Verwilderung des Details doch häufig glückliche malerische Massenwirkungen hervorbringt.

Ausser diesen Stylelementen kennen wir keine, die eine durchgreifende Eigenthümlichkeit der übrigen Construction der Bauwerke bedingten. Jener traurigen Werke zu erwähnen, in denen zu massenhaft nichtssagenden Aufhäufungen von Material eine sinnlose Zeit geschmacklose Zierrathen von Consolen, Muschelnischen, Wappen fügte, thut kaum mehr Noth; neue Formen der Baukunst kann man höchstens, auf gewisse Zwecke beschränkt, von solchen technischen Erfindungen, wie von Hängebrücken erwarten, in denen die Last nach unten getragen wird, oder von der Schiffsbaukunst, die sich dem architectonischen Charakter der Zeitalter immer in bemerkenswerther Weise angeschlossen hat.

Fragen wir nun noch, um unserer dritten Forderung zu genügen, nach den Gesetzen der Verbindung dieser Stylelemente zu einem Ganzen, so sind diese weit weniger von

4

dem Plane des Ganzen unabhängig als die Entwicklungswei-
sen der Melodien, und wir können über sie kurz sein. Wie
die Uebergänge aus einem harmonischen System in das andere, so verlangen auch die von einer Form zur andern ver-
mittelnde Zwischenstufen, und auf vielfältige, oft sehr sinnvolle Weise hat die Kunst aus der quadratischen Grundfläche
des Fusses die Rundung der Säule, oder durch das Mittel-
glied polygoner Entwicklung kuppelförmige Schlüsse der Gebäude entstehn lassen. Neben dieser Motivirung gewinnt
aber die Architectur noch durch Zusammenstellungen und
Wiederholungen des Gleichartigen eine Ausdehnung ihrer Melodie, die der Musik versagt ist. Hierin scheinen jedoch
Klippen zu vermeiden. Jede Vielfachheit gleichartiger Elemente setzt den Werth des einzelnen herab; verlangt man
daher übersichtliche Zierlichkeit im Unbedeutenden und Kleinen, so ist sie an ihrem Platze, aber bedeutendere Theile
des Bauwerks dürfen nicht in zu grosser Anzahl wiederholt
werden, wenn nicht eine belebte Perspective durch diese
Reihe, oder ein andrer Gewinn den Verlust ersetzt, der aus
der Entwerthung des einzelnen Elements folgt. Die Säulen
der griechischen Tempel, an sich von sehr bedeutenden Massen, werden auf der Schauseite noch besonders durch die verschiedene Beziehung gehoben, die sie zu dem allmählich aufsteigenden Giebelfelde annehmen, die Langseite eines mit 13
oder mehr Säulen geschmückten Tempels dagegen macht
durch diese Anzahl den Eindruck gewiss nicht überwälti-
gender. Säulenwälder wie in der Moschee von Cordova sind
offenbar keine Architectur mehr, deren Ganzes man über-
sehn könnte, sondern eine in Stein ausgeführte Landschaftsmalerei, deren Durchblicke und Fernsichten auf ihre Weise
ergötzen. Besonders unannehmlich wird aber diese Wieder-
holung des Gleichartigen, wo durch äussere Mittel noch ausdrücklich darauf aufmerksam gemacht wird, dass man die
Exemplare mindestens nach halben Dutzenden zusammenfassen und zählen muss, wie in den durch kleine Rundbögen

verkoppelten Säulenreihen, die häufig noch zu **3** bis **4** in grösseren Rundbögen, wie in besondern Säckchen eingeschlossen, in romanischen Bauwerken oft ein kleinliches Balustradenwerk an die Stelle viel ernsterer Bautheile setzen. Dieser missliche Eindruck wird dadurch erhöht, dass bei so leichten Werken, wie die hier gemeinten Gallerien sind, Säulen mit ihrer ernsthaften Gliederung in Fuss, Schaft, Kapitell überhaupt allzugrossartige Anstalten zu kleinen Zwecken sind, und um so mehr scheint die edle Form der Säule in diesen kleinen Dimensionen gemissbraucht. Ueber viele solche unästhetische Eindrücke lassen uns traditionelle Verehrung, unvermeidlicher Zweck der Bauwerke und manche ausgleichende äussere Gunst der Umgebungen hinwegsehn. Ein antikes offenes Amphitheater mag theils durch die landschaftliche Schönheit der Umgegend, in die es sich als bedeutender Theil einfügt, theils durch die Kühnheit seiner Umrisse im Grossen erhaben wirken; architectonisch aber ist die wenig belebte Formation der Sitzreihen, oder die Bienenzellenbildung der Fenster und Thüren, wie im Aeussern des Coliseo, kein tiefer Gedanke. Jede Vereinigung dagegen, die dieses gleichgiltige Aufreihen der Exemplare an einem Faden vermeidet, und ein dramatisches Zusammenwirken einzelner Gruppen dafür einsetzt, was aber freilich nur selten möglich sein wird, kann eine so organisirte Vielheit in der grössten Ausdehnung benutzen.

Das Ungenügende des Gleichartigen finden wir auch in dem einförmig Stetigen; abgesehen von einzelnen Zwecken der Bedachung oder Befestigung, scheinen Kreisrundungen mit ihrem augenblicklich zu übersehenden langweiligen Geiste von Gesetzlichkeit überall eine viel unlebendigere Form, als die Polygone, in denen individuell hervortretende Seiten von demselben Gesetze viel dramatischer gezügelt werden. Durch diese regelmässigen Polygone wiederholt besonders der romanische Styl in den horizontalen Grundrissen jenen Trieb der Kreisrundung, den er offen nur vertical in der Form der Portale und Fenster ausdrückt, während die Bedachung wechselnd bald durch kegelförmige, bald durch pyramidale Schlüsse den prismatischen Unterbau vollendet.

Der Fortschritt endlich in der Entwicklung der Melodie müsste im Bauwerk in seiner Höhenrichtung gesucht werden, in der jeder höhere Theil sein entwickelndes Motiv in dem untergelagerten finden soll. Wo das Bauwerk sich dem formlosen Erdboden entwindet, fassen wir es ein mit einer geebneten Fläche, deren Umfang den Hauptumrissen des Gebäudes parallel geht und das erste noch einfache Erwachen der gestaltenden Kräfte theils hierdurch, theils durch mehrere terrassenförmige Wiederholungen andeutet. Die untern Theile des Gebäudes selbst sind nur der passende Ort für die Ablagerung der grossen und schmucklosen Massen, aus denen sich die Mannigfaltigkeit der strebenden Bautheile mit um so grösserem Reichthume des Schmuckwerks erhebt, je mehr die Zerfällung in vielfältige Theile ihnen diese Lust individueller Entwicklung gestattet. Man kann ähnlich wie von der musicalischen Melodie, behaupten, dass Menge und Gestalt der Ornamente in den untern Theilen überall nur den Zweck fester und sicherer Zeichnung der Hauptentwicklungstriebe haben darf, und dass jede Anwendung fehlerhaft ist, die hier schon eine Feinheit und Mannigfaltigkeit des Schmuckes sich erlaubt, die weder durch die nackten Fundamente des Baus begründet, noch durch die weitere Entwicklung nach oben überboten werden kann. Aber auf den Plan, nach welchem das Ganze sich oben abschliessen soll, wird es ankommen, ob dieser Reichthum der Entwicklung nicht auch nach der Höhe eine Grenze hat und sich in strengen dramatischen Schluss der Construction verlieren muss. Dieselbe Nothwendigkeit das Höhere durch das Tiefere zu motiviren, erlaubt uns nicht jede beliebige Uebereinandersetzung der Bauelemente. Ueber Rundbögen von kleinerem Durchmesser sollen nicht andere von grösserem stehn; denn die letzteren haben ästhetisch die Bedeutung grösserer aber weni-

ger bewegter, die ersten die einer kleineren aber angestreng-
teren Kraft. Ebenso wird man die Dreiecke, welche als
Giebel die Spitzbögen der gothischen Architectur umgeben,
nicht in den tiefern Theilen spitzere, in den obern stumpfere
Winkel bilden lassen; denn die aufstrebende Elasticität wird
sich freier und lebendiger entfalten müssen, je höher sie
schon wurzelt und je weniger Last sie von oben drückt.
Die Pyramiden der Thürme müssen daher spitzer zusam-
menlaufen, als die Giebel der Portale oder die der Façaden
und Mittelkuppeln. So zeigt beispielsweise die Gallerie des
Rathhauses von Braunschweig im Kleinen eine schöne Gra-
dation. Ueber sehr flachen Spitzbögen, die jedoch überhaupt
mit den höhern Theilen organisch nicht zusammenhängen,
wölbt sich über der horizontalen Fensterschwelle zuerst ein
Rundbogen, auf den zwei von kleinerem Durchmesser auf-
gesetzt sind. Diese Theile umschliesst nach oben ein Spitzbogen, selbst von dem noch spitzeren Giebeldreieck bekrönt.
Dagegen mag es erlaubt sein zu zweifeln, ob die Strebebö-
gen des gothischen Styls, die mit der Verticale einen weit
grösseren Winkel zu bilden pflegen, als die Seiten der Gie-
beldreiecke oder der Spitzbögen, die übrige Formenschönheit dadurch nicht beeinträchtigen. Aehnlichen Ueberlegungen folgend haben schon die Alten, wo sie Säulen über
Säulen stellten, die untern im ernsten dorischen, die höhern
im weicheren ionischen oder korinthischen Style gebildet.

Wir haben länger bei Musik und Baukunst verweilt, weil
Sculptur, Malerei und Poesie uns wenigere Veranlassung zu
ähnlichen Bemerkungen bieten. Denn sie alle, wie verschieden auch sonst, bringen nicht ein ungestaltes Material in
eine ganz der Kunst eigenthümliche Form, sondern entlehnen
ihre Gestalten der wirklichen Welt der Ereignisse: die ersten, indem sie ein einzelnes Bruchstück festhalten, in welchem nicht die Darstellung selbst, sondern nur die durch
sie angeregte Phantasie des Beobachters die Erinnerung an
diese formellen Gesetze erregen kann: die letzte kann zwar

vollständig alles schildern, aber ihr fehlt der Stoff jener beiden, und so bleibt die Erfüllung unserer Forderungen in
ihnen allen dem Plane und Gedanken des Ganzen überlassen. Hiervon könnte nur die Malerei mit ihrer Farbenwelt
auszunehmen scheinen; allein wie schon in der Baukunst
die geometrische Bedeutung der Formen nur in Betracht kam,
so fern sie Ausdrücke einer strebenden Kraft waren, so sind
die Harmonien der Farben noch vielmehr dem Sinne des
Dargestellten untergeordnet, und auf ihn kommt es an, ob
Monotonie oder glanzreiche Abwechselung wirksamer sein
werden. Nur die Landschaftsmalerei stimmt mehr mit den
früher betrachteten Künsten überein, denn obgleich ihre Wirkung von der Zusammenfassung der Elemente zu einem ab-
geschlossenen Bilde abhängt, so ist in ihr doch kein eigent-
licher Plan zu finden, der abgelöst von den allgemeinen
Formen der Zusammenfassung deutlich ausdrückbar wäre.
Sie hat dagegen in anderer Hinsicht eine andere Stellung als
die übrigen Künste. Versenken wir uns mit ihr in die un-
bewussten träumenden Regungen des Naturgeistes, der in
stillem Wirken seinen Erzeugnissen wunderbare, bald strei-
tende, bald zusammenstimmende Formen gibt, so haben wir
meist an der Wahrheit genug, mit welcher die Darstellung
uns sein geheimnissvolles Walten verräth, und wir verlangen
nicht, dass das Dargestellte zugleich schön sei. In dieser
Wahrheit nun sehen wir allerdings einige unserer Forderungen als die Mittel der Wirkung, aber die Kunst stellt diese
Hindeutungen nicht in eigenthümlichen künstlerischen Formen dar, sondern durch sinnvolle Benutzung der Elemente,
in denen die Natur selbst sie ausdrückt. Sehen wir also,
wie hier die allgemeinen Gesetze, die eigensinnig individuelle
Wirklichkeit und der zusammenfassende Plan des Naturlaufes
zum Ausdruck kommen.

Gemälde haben den Vortheil, die Unvollständigkeit des
Bruchstücks der Welt, das sie hervorheben, einfach durch
ihre eigene Begrenzung anzudeuten. Ueber den Rahmen hin-

aus, der sie umschliesst, setzt sich die unermessliche Welt fort. Aber zur bestimmteren Erinnerung daran muss auch die Vertheilung des Dargestellten einige Rücksichten nehmen. Hierin liegt zuerst der Grund, warum nicht die Mitte eines Landschaftbildes durch die Gegenstände eingenommen werden soll, die mit der meisten Kraft unsere Aufmerksamkeit anziehn; sie verlangen vielmehr eine excentrische Stellung, denn es ist eine unwahrscheinliche Absichtlichkeit für den Beobachter, dass er sich genau in dem Visirpunkte der Welt befinde, von dem aus sie in symmetrische Hälften zerfiele, und eben so unwahr für den Gegenstand, dass um ihn als Mittelpunkt sich die übrige gleichgiltige Welt anlege. Man wird leicht bei unbefangener Betrachtung finden, dass jeder Durchblick durch ein Gebüsch wirkungsreicher ist, wenn er ausser dem Mittelpunkt der Landschaft in einer sonst vernachlässigten Richtung eine neue Welt unerwartet öffnet, als wenn er gerade auslaufend, was sich von selbst verstand, nur die dritte Dimension der Ausdehnung veranschaulicht. Eine Baumgruppe wird ziemlich eitel und herausfordernd in der Mitte stehn, während sie ausserhalb ihrer eine anmuthige Unberechenbarkeit in das Ganze bringt. Aus gleichen Gründen ist die Anfüllung der Seitentheile besonders zu berücksichtigen. Da wo der dargestellte Gegenstand an der Begrenzung des Rahmens aufhört, ist es um so nöthiger, seine nicht darstellbare weitere Fortsetzung durch neue Anfänge bestimmt zu versinnlichen; entweder durch bedeutende Bildungen des Bodens und Gesteins oder neue Fernsichten und Wege in ein verschlossenes Waldgebiet, in dessen Dunkel die Phantasie weiter schweifen kann. Und dies gilt auch für andere Malerei. Man soll uns keine Schlachtgemälde liefern, die nur im Mittelpunkt einen wohlgeordneten Knäuel von Gestalten in einer sonst leeren Gegend zeigen; um nicht eine Balgerei zu sein, bedarf ihr Kampf der Andeutung, dass er Theil eines grossen und auch die nicht sichtbare Ausdehnung der Erde noch mit erfüllenden Streites ist.

Neben dieser Erinnerung an das umfassende Weltganze,
in das die einzelne Landschaft sich einfügt, verlangen wir
aber in ihr eigenthümliche Lebendigkeit der Bildungen, die
sich dem schlummernden Naturgeist entringen, und hier muss
es uns darauf ankommen, jede nackte Symmetrie zu vermeiden, welche das Einzelne nur als beiläufigen Beziehungspunkt
für allgemeine Gesetze, und nicht als eine volle markige
Wirklichkeit erscheinen liesse. Nichts ist langweiliger als
jene kegelförmigen oder muldenförmigen Landschaften, die
symmetrisch in der Mitte Gipfel oder Vertiefung, an den Seiten der Gegend das Entgegengesetzte zeigen; die Umrisse
einer Bergkette werden um so nichtssagender, je mehr sie
dieser Gesetzlichkeit der Stellung sich nähern. Allein daraus
folgt nicht, dass völlige Asymmetrie das Bessere sein werde;
einen wahreren Zug der Natur finden wir vielmehr darin,
dass ihre durchdringenden Gesetze allerdings wohl künftigen
Erscheinungen die ausgezeichneten Orte feststellen, an denen
sie auftreten sollen; die Punkte des räumlichen Weltalls, in
denen die Natur zu hervorragenden Gestalten ausbricht, mögen immerhin in einem symmetrischen Netze liegen und die
geordneten Durchschnittspunkte wirkender Mächte bezeichnen;
aber die eigne Lebendigkeit der Dinge schlägt dagegen
zurück, und sucht sich von der Gewalt des Allgemeinen wenigstens durch die ganz eigenthümliche Form ihrer Gestaltung
zu befreien, mit der sie jene leeren Plätze ausfüllt. Darin
also würde die malerische Symmetrie bestehn, dass die
Hauptmassen allerdings auf symmetrische Punkte fallen, dass
sie aber in Gestalt und Sinn vielmehr different und contra-
stirend sind. Da wo die Faulheit unsers schematisirenden
Verstandes beim Ueberblick der Gegend eine blosse Wieder-
holung des Früheren erwartet, soll sie vielmehr überrascht
werden durch die unberechnete Neuheit, mit der an der be-
rechneten Stelle die Gewalt des träumenden Naturgeistes un-
erschöpflich andern Ausdruck findet. Allerdings würde es
schwer sein, die Schönheit der Anordnung einer Landschaft

überall deutlich auf diese Grundlage zurückzuführen, und
zwar dies desshalb, weil jene ausgezeichneten Punkte in der
Landschaft und ihre gegenseitige Entfernung für die ästheti-
sche Betrachtung nicht ganz nach demselben Masse gemessen
werden können, welches eine geometrische Untersuchung an-
legen würde. Dennoch wird man bei näherer Ueberlegung
finden, dass der malerische Contrast nicht in der Gegen-
überstellung einer ausgezeichneten Masse und des verglei-
chungsweise Leeren, nicht zum Beispiel im Gegensatz eines
schroff abfallenden Berges und einer davor liegenden Fläche
besteht; jede hervorspringende Gestalt ist vielmehr ein Ruf,
der irgend woher eine Antwort, wenn gleich eine unerwar-
tete, und nicht ein gleiches Echo, verlangt. Deswegen werden wir symmetrische Gegensätze von Bergen und Gebäuden,
Ruinen und Baumgruppen sehr häufig als werthvolle Elemente
der landschaftlichen Composition vorfinden, so wie umgekehrt die Leblosigkeit symmetrischer Gegensätze von Berg-
höhen schon dadurch gemildert wird, dass die antwortende
nicht völlig in Höhe und Gestalt der zuerst betrachteten
gleichkommt. In gleicher Weise bildet ein schlanker Thurm
keinen Contrast mit der Fläche des Erdbodens, aber wohl
mit der breiten Masse eines Gebäudes, die seinem aufwärts
strebenden Triebe einen nicht minder energischen, aber völlig anders gearteten gegenüberstellt. Und hieraus lässt sich
zugleich begreifen, wie der Contrast an sich nur ein malerisches, nicht ein architectonisches Princip ist, wie er aber
dennoch, mit Vorsicht und aus dem stetigen Entwicklungs-
plane eines Gebäudes selbst herausgearbeitet, das Höchste
und Reichste darstellt, was architectonische Lebendigkeit noch
ertragen kann, ohne vor Ueberfülle innerer regsamer Kräfte
in das einheitlose gährende Treiben landschaftlicher Natur zu
verfallen. Jene Minarete, die über flachen Massen empor-
steigen, sind bei aller graziösen malerischen Wirkung, die
sie im Gegensatz zu vielgegliederten Kuppelsystemen machen,
doch keine architectonisch mit dem Uebrigen verschmolzene

und berechtigte Theile des Bauwerks, während Thürme an
der Façade einer Kirche mit einem System von Kuppeln oder
Gewölben, welche in minderer Höhe die breite Masse des
Baues krönen, einen äusserst malerischen und dabei doch
streng architectonischen Contrast bilden können.

Das Vorige galt der Nebeneinanderstellung der Gegenstände auf Einer Fläche; aber unendlich grössere Wirksamkeit erlangt die Landschaft durch das Hineinziehen der dritten Dimension, der Tiefe. Wir versetzen uns auf eine dop-
pelte Weise in die Regungen des Naturgeistes, den wir hier
bewundern. Denn zuerst verschmelzen wir uns mit jeder einzelnen Gestalt und ihren innerlichen Zuständen; wir
fühlen die frische Kraft der Vegetation nach, wie sie in jedem charakteristischen Baumwuchse sich eigenthümlich dehnt
und ausbreitet; wir empfinden die stumme in sich versun-
kene Ruhe mit, in der die massigen Schichten des Sandsteins
lagern, oder die empörte Kraft, mit der gehobene Basalte in
gewaltsamen Wendungen sich über einander verwerfen, die
ruhelose Beweglichkeit endlich, mit der der eingeschlossene
See gegen seine Ufer kämpft. Aber ein zweiter grösserer
Genuss liegt in der Auffassung der Beziehungen und Verwandtschaften, in denen dies mannigfaltige Leben sich überall durchdringt; sie aber gelingt uns nur, indem wir die
Standpunkte unserer Betrachtung wechseln, und von jedem
sichtbaren Punkte der Landschaft aus die übrige Gegend über-
blicken. So schweift auf dem Bilde wie an der Natur selbst
unsere Einbildungskraft beweglich über den Umrissen des
Landes hin; in jede heimliche Einbuchtung des Berges, in
jede trauliche Zurückgezogenheit belaubter Thäler dringen
wir ein, und die mannigfachen Gefühle steliger Fortbewe-
gung, plötzlicher Sprünge oder anmuthiger freier Wendungen, lieblichen Umschlossenseins oder weiter Fernsicht, drän-
gen wir zu einer Gesammtanschauung des Lebens zusammen,
das in der ganzen Gegend sich ausspricht. Und in solchen
Wanderungen sind wir fast allgegenwärtig; wir stehen auf

dem Gipfel der Berge, die tiefe Ebene betrachtend, und finden uns zugleich in dieser wieder, den eigenthümlichen Eindruck geniessend, den jener Standpunkt auf diesem macht, und so geht uns der Reichthum der Landschaft dadurch auf, dass jeder Punkt ein Spiegel des Uebrigen ist, und dass für jeden die unendlichen Verschiebungen der Umgebungen neue reizende Ansichten gewähren. Dadurch ist die Natur ein Bild des Gemüths, in dem unzählige Gedankenreihen sich durchkreisen, Gestalt, Färbung und Zusammenhang mannigfach wandelnd, wie die Wege verschieden laufen, auf denen die Erinnerung sie durchschreitet.

Hierauf hat die Landschaftsmalerei bei freien Compositionen oder bei Wahl des Aufnahmepunktes für wirkliche Gegenden zu achten. Der Beschauer muss den zufälligen Standpunkt, den ihm der Maler dem Gemälde gegenüber gegeben hat, mit immer neuen in der dargestellten Landschaft selbst befindlichen vertauschen können, ohne befürchten zu müssen, dass von ihnen aus der geistige Ausdruck der Gegend sich verflache, oder eintönig überall sich gleiche. Hierzu aber führt unter Anderen der Reiz des Halbverhüllten, aber doch klar Angedeuteten. Ganze Höhenreihen hinter einander aufzuschichten, bringt keinen Vortheil, denn sie zeigen der Phantasie nur die Aussicht, oftmals auf und eben so oft absteigen zu können; eine Durchsicht dagegen, die uns einen eigenthümlichen neuen Charakter eines halbverborgenen Thales eröffnet, gewährt ihr unerschöpfliche ahnungsvolle Beschäftigung. Eben so wenig taugen jene steilen Perspectiven, mit denen die Kindheit der Landschaftsmalerei eine grosse Fülle von Bergen, Ebenen, Städten und Ländern zum Hintergrunde irgend einer bedeutungsvollen Handlung machte; sie nähern sich dem mässigen Genusse, den eine Landkarte gewährt, in der alle Faltungen des Bodens entwickelt sind und die gegenseitigen Lagen der Orte allzu offen vorliegen, um unsere Einbildungskraft zu selbständiger Weiterdichtung einer angefangenen Gegend aufzufordern.

Mit diesen allgemeinen Betrachtungen glauben wir freilich nur den geringsten Theil der landschaftlichen Schönheit
angedeutet zu haben. Denn, um das wenigstens flüchtig zu
berühren, was unserm gegenwärtigen Zusammenhange frem-
der ist, schon jedes natürliche Element, das in der Darstellung verwandt ist, hat seine eigenthümliche Bedeutung und
Nothwendigkeit. Die starren und todten Formationen der
Gebirge werden nicht nur einer Belebung durch Vegetation
bedürfen, sondern noch darüber hinaus werden die befreienden und lösenden Elemente des Wassers und der Luft mit
mannigfaltiger Beweglichkeit nöthig sein, um in dem Anblick
einer Landschaft alle Bedürfnisse des Gemüths zu befriedigen, ja selbst das thierische Leben wird sich hinzudrängen
müssen, um uns den Genuss lebhaft entgegen zu bringen,
dessen diese Form der Erde fähig ist. Daneben stehn die
Spiele der Beleuchtung und die gewählten Augenblicke aus
dem allgemeinen kosmischen Leben der Natur, die der Kunst
mancherlei besondere Pflichten der Zusammenstellung und
Ausführung auferlegen, aber ihr auch Gelegenheit zur Ent-
hüllung eines tiefsinnigen Naturlebens geben, das der Zeichnung unbewegter Umrisse immer fremd bleibt. Niemandem
endlich entgeht es, wie die verschiedenen Anordnungsweisen
der natürlichen Mannigfaltigkeit Grundlage eigenthümlicher
poetischer Eindrücke sind, die wir zu den Zwecken landschaftlicher Darstellungen rechnen müssen. Die sandaufwir-
belnde Ebene von Ilium, nur fern von mythischen Bergen
eingefasst, und durch das gestaltlos vielgestaltige Meer nach
der übrigen Welt hingewendet, erscheint uns als der passende Boden epischer Geschichten mit ihrer ruhigen unab-
lässigen Wiederkehr gleicher Lebensläufe, für welche die Natur eigenthümliche Schauplätze zu schaffen keinen Grund hat;
jene lieblich motivirten Gegenden, in denen ein sinniger Zug
der Senkung oder Erhebung in vielförmigen Wellen ausklingt,
gewähren der lyrischen Bewegung des Gemüths eine freundliche Stätte, während das harte Aneinanderrücken schroffer

Gebirgsstöcke und die steil abfallenden Schluchten, Symbole tiefer Trennung des widerwillig Zusammengedrängten, uns nur die Heimath schnell reifender dramatischer Geschicke vor Augen stellen.

IV.

Aus den allgemeinen Elementen, deren wir bisher gedacht, hat die Kunst endlich das Schwerste zu vollbringen, einen Körper für die individuelle Seele ihres Werkes zu bilden. Wie wenig wir nun im Stande sein würden, zur Entwerfung seiner Umrisse ihr hier die Hand zu führen, so können wir doch die allgemeinen Typen bezeichnen, innerhalb deren ein sich zusammenschliessender Organismus möglich ist, wir können wenigstens Zahl und Bedeutung der Glieder angeben, die er bedarf und deren sinnige Verflechtung wir von dem belebenden Hauche des künstlerischen Geistes erwarten. Schon früher haben wir bemerkt, dass wir auch in der Gestaltung des Planes, der den Sinn des Kunstwerks bezeichnet, eine Andeutung unserer drei Anforderungen verlangen, und die Erfüllung dieses Wunsches wollen wir jetzt im Einzelnen betrachten.

Auch in der Entwicklung ihres individuellen Gedankens lässt die Musik die allgemeinen Weisen des Weltlaufs deutlich für das Gefühl hervortreten, aber ihr Verfahren ist hier weniger geeignet in Worte gefasst zu werden, und wir gehen mit wenigen Andeutungen bei dieser reichen Quelle künstlerischer Schönheit vorbei. Die Erinnerung an allgemeine Gesetze, die neben der reizenden Entwicklung der einzelnen Melodie bald drohend bald begünstigend einen unermesslichen Weltlauf beherrschen, wird durch die harmonische Begleitung kraftvoll festgehalten, und erst seit ihrer Ausbildung hat die Musik einen universellen Charakter gewonnen. Schüchtern, wie die erste Schifffahrt den Küsten folgte, hat man zuerst in den einfachsten consonirenden Intervallen die Melodie begleitet, als ginge sie zu Grunde, wenn momentan der Kreislauf der ewigen Gesetze anderes oder mehr wollte, als ihre einsame ungestörte Entwicklung. Den Charakter des Lebens errang sie erst, als man ihr zumuthete, sich gegen die Dissonanzen selbst zu erhalten, mit denen der Lauf der Naturordnung ihre eigne Entfaltung zuweilen durchschnitt, und da wurde es auch offenbar, dass ihr Blühen nicht allein die Welt füllte, sondern dass neben ihr tausend zurückgedrängte andere Melodien in demselben Grunde der Harmonie schlummerten, von dem zuerst sie allein getragen und gehoben schien. Als diese Mannigfaltigkeit klingend durchbrach, war das zweite erreicht, eine Welt der Entwicklungen, in denen mancherlei Triebe der Sehnsucht und der Gestaltung sich eben so durchschlingen, wie tausend verschiedenartige Geschöpfe auf dem gleichen Erdboden ihr fröhliches Leben führen, mit wunderbaren Verwandtschaften, Neigungen und Abneigungen. Diese Fülle zu zügeln, ohne welche keine wahre und ergreifende Kunst sein kann, ist das dritte Bedürfniss, und auch hier sehen wir dieselben Meinungen walten, mit denen wir sonst den Lauf der Entwicklungen in der Welt betrachten. Denn bald in strophischem Hinundwiederschwanken sehen wir einzelne Melodien sich antworten, ohne dass aus dem Rhythmus ihres Gesprächs ein Ergebniss quölle, so wie die Welt ewig sich dreht und in ihrem Kreisen ein Genüge hat; bald sehen wir von einem keimartigen Anfange die Melodie stetig sich entfalten und in grösseren Reichthum ausdehnen, so wie eingestreute Zwischenfälle ihrem Flusse anmuthige Windungen geben: eine Emanation, die die ursprünglich vorhandene Kraft ausströmen und an dem Widerstand eines gestaltlosen Aeussern Ursache zu begrenzender Gestaltung finden lässt. Aber das vollendetste Bild des Lebens ist jene Weise zerstreuter Anfänge und ihrer Zusammendrängung, die anerkennt, dass keine endliche Erscheinung der Quell der Entfaltung für das sein kann, das für die Kunst die Welt bedeutet, dass viel-

mehr von den verschiedensten Seiten her ursprünglich strebende Kräfte sich begegnen, zuerst fremdartig, staunend
über einander und sich bekämpfend, dann im Laufe der
Entwicklung die innere Verwandtschaft ihres Wesens erken-
nend, und zu der Verherrlichung eines gemeinsamen Zieles
in endlicher Durchdringung sich verschmelzend. Die Fülle
ursprünglich lebendiger Mannigfaltigkeit hat die Kunst hier
zusammengefasst, indem sie allzu verwegene Strebungen in
feste Zusammenwirkung band.

Die Säulen eines Tempels hat nicht ihr inwohnender Gestaltungstrieb in die gerade Linie einer Reihe gestellt, ein
theilnahmloses Gesetz der Regelmässigkeit tyrannisirt sie vielmehr. Je einfacher und je symmetrischer der Grundriss eines Gebäudes ist, je deutlicher der Parallelismus seiner Seiten hervortritt, je gleichmässiger die Höhenausdehnung der
Theile ist, desto weniger können wir in solchen Anordnungen ein quellendes inneres Leben, eine gestaltende Idee sehen; wir finden vielmehr eine Form, die wie die des Kry-
stalles nur einem allgemeinen Gesetz der Anlagerung jedes
Theils an jeden andern folgt, aber keine, deren letzte Umrisse sich deutlich als ein organisirtes und abgeschlossenes
Ganzes erwiesen. Eine Schauseite des Gebäudes besonders
zu entwickeln, war freilich schon den Griechen nothwendig,
aber diese erste Durchbrechung eines leeren architectonischen
Schemas zu einer belebten und gegliederten Gestalt reicht
nicht aus, um die Bedürfnisse der Kunst zu befriedigen. So
sehr wir im Einzelnen eine Erinnerung an allgemeine Gesetze wünschen, so sehr scheuen wir im Ganzen des Kunstwerks ihre Herrschaft, und so scheint uns jede Epoche,
welche die Baukunst der späteren Zeiten durchlaufen hat, etwas zur Erfüllung ihrer Aufgaben hinzugefügt zu haben. Die
Zwecke der Bauwerke und die technischen Schwierigkeiten
haben sich oft vereinigt, um das zu erzeugen, was den Forderungen der Schönheit gemäss war. Die Bestimmung der
Basiliken schied in ihr Gegenden von verschiedenem Werth,

und wenn gleich der Parallelismus ihrer Begrenzungen blieb,
so wurden doch die Säulenreihen in lebendigeren Gegensatz
zu den Tribünen gebracht, oder durch Arkaden verbunden
gewährten sie belebte Perspectiven, die dem Blicke eine bestimmte Richtung nach dem Haupttheile des Gebäudes gaben.
Die Kuppelbedachung der Byzantiner nöthigte dann, zu ihrer
Herstellung das einfache Schema jener Reihenanordnung auf-
zugeben, und zum ersten Male ausser den Rundbauten, die
in anderer Hinsicht wenig genug dem Sinne der Baukunst
entsprechen, trat das Innere des Gebäudes als ein centrali-
sirender bedeutender Kern hervor, um welchen die Systeme
der Nebenkuppeln eine lebendige Gliederung entfalteten, und
dadurch ward zugleich der Unterbau genöthigt, eigenthümliche Durchkreuzungen und Mannigfaltigkeiten der Perspective
zuzulassen, durch die der Reichthum des gestaltenden Triebes allmählich zum Ausdruck kam. Wir halten dies für einen wesentlichen Punkt, wesentlich wenigstens für jedes Gemüth, das in unserer Zeit gebildet ist. Wir wollen nicht,
dass man uns einen noch so schönen regelmässigen Salzkry-
stall für das Höchste der architectonischen Kunst ausgebe;
von einem Bauwerke verlangen wir, dass es eine Welt sei,
in der es eine innere allmählich erst sich dem Sinne auf-
schliessende und doch in ihren Hauptzügen sogleich deutliche Unendlichkeit gibt; wir wollen mannigfaltige Pfade, in
die wir uns verlieren können, mancherlei Standpunkte, von
denen der Bau des Ganzen sich mit geheimnissvoller Regelmässigkeit verschiebt; wir wollen verborgene verhüllte Gegenden, in deren Durchforschung unser Blick mit dem Anfange nicht auch schon das Ende erreicht. Es ist möglich,
dass man dieser Ansicht vorwirft, ein landschaftliches Princip zu einem architectonischen zu machen, wir aber glauben
damit nur die allgemeine Forderung eines inneren Reich-
thums auszusprechen, ohne den keine Kunst ihr Höchstes
erreicht. Und vielleicht gilt diese Forderung von der Architectur in besonderem Grade; denn sie hat die Welt darzu-

stellen, die der Mensch sich selbst schafft, um darin zu wandeln. Wir lieben aber nur die Welt, die in unerschöpfter Mannigfaltigkeit unserer sehnenden und sinnenden Phantasie immer neue Wege gestattet, und die zu allen jenen Begehungen, mit denen stille Gedanken unser Gemüth erfüllen, eine mitfühlende Umgebung bildet. Wie heimlich sind uns jene alten Wohngebäude schon mit ihrem nur verworrenen, nicht gedankenvollen Plan, und wie sehnen wir uns in den Häusern dieser Zeit irgend einen Winkel zu finden, einen Corridor, einen Vorplatz, der nicht an dem allgemeinen diffusen Licht und der inhaltlosen Aufrichtigkeit unserer Baurisse Theil nähme! Allerdings nun werden diese Wünsche mehr in der Anlage der Städte oder in dem Baue der Burgen mit ihren mannigfaltigen Bestandtheilen befriedigt werden können, aber auch in einfacheren Unternehmungen hat die spätere Baukunst, zum Theil mit sehr einfachen Mitteln, wie in der prächtigen Halle der Abencerragen in der Alhambra dieses malerische Element geltend gemacht. Die gothische Architectur hat in der überkommenen und weiter entwickelten Kreuzform ihrer Dome ein eben so einfaches als gewaltiges Mittel, dieses Durcheinanderstreben sich entgegenkommender Gestaltungstriebe auszudrücken, die in der Kreuzung der Längs- und Querschiffe sich durchschneiden, und es wäre nicht unmöglich, diese gegenseitige Durchsetzung verschiedener, selbst in abweichenden Stylelementen sich bewegender Triebe noch weiter zu verfolgen, wenn man für ihre endliche Zusammenwirkung zu einem Gedanken die passenden Uebergänge und einen genügenden Schluss zu finden weiss.

Kommen wir endlich zu der Seele, welche diese mannigfaltigen Gestaltungstriebe zu einem individualisirten Ganzen zusammenfasst, so hat auch hier die Kunst wie die Natur, nur mit dem steigenden Reichthum der Mittel und Formen die höchsten Organismen hervorgebracht. In dem griechischen Tempel ist die Höhenausdehnung der Theile, in

welcher zumeist die abgestufte Bedeutung der einzelnen Bauelemente sich zeigen müsste, sehr gleichförmig und bei der
mangelnden Centralisation haben auch die meisten Theile
ziemlich gleichen Werth und tragen eine ununterschiedene
Bedachung, in welcher die innere Gliederung des Gebäudes
nicht hervortritt. Die flachen Kuppeln der alten Byzantini-
schen Baukunst zwingen durch ihre technischen Schwierigkeiten zu einer allzu massenhaften und schwerfälligen Construction der stützenden und den Seitendruck verhütenden
Massen; wie schön und imposant ihre Wirkung im Innern
oder aus der Ferne sein mag, sie geben dem Gebäude zu
leicht das Ansehn eines Teiges, der Blasen wirft. Rundbil-
dungen sind nirgends im krystallinischen Gefüge der Massen
begründet, und sind ästhetisch von nicht grösserem Werthe.
Ausserdem ist die Stellung der Kuppel bedenklich; deckt
sie die Mitte eines massenhaften Bauwerks mit flacher Wölbung, so ist dies ästhetisch keine imponirende Anstrengung
der strebenden Kräfte, wie gross auch die technische Trag-
kraft sein mag; und überdies ist die geometrische Mitte ein
allzu gesetzlicher und mechanisch ausgeklügelter Platz; so
wie das Herz nicht in der Mittellinie des Körpers liegt, so
möchten wir auch diese Haupttheile des Gebäudes etwas unberechenbarer angeordnet sehn. Kuppeln in höher gestreck-
ten Curven gebildet, und durch polyedrische Substructionen
aus der übrigen Masse hervorgehoben, vermeiden unstreitig
den ersten Fehler; aber ohne eine solche ausgedehnte Ne-
benmasse allein hingestellt sind sie eben so misslich, als
wenn sie aus dieser motivirt werden sollen. Die Kuppel
von Sct Peter, bei aller Schönheit, die wir ihr an sich nicht
rauben wollen, auf welche Weise geht sie organisch aus der
übrigen grossen und hässlichen Masse der Kirche hervor?
Diese Schwierigkeiten, den Höhenabschluss der Gebäude mit
den Trieben der Construction in stetigen Entwicklungszusam-
menhang zu setzen, finden wir dagegen in der gothischen
Baukunst und in manchen schöner Denkmälern der mauri-

schen Zeit beseitigt. Die Einführung der Thürme hat hierzu
wesentlich mitgewirkt; denn in ihnen waren Theile des Gebäudes gegeben, in denen der Trieb zur Entfaltung nach
oben durchaus frei sich entwickeln konnte, ohne durch den
Zweck, eine bestimmte Last zu tragen, darin gehemmt zu
sein; die Befriedigung dieses Strebens aber gestattete nicht
nur dem Hauptkörper des Gebäudes, in geringerer Höhe und
mit grösserer Breite über dem Mittelraume sich zusammen-
zuschliessen, sondern die Form der Thürme erlaubte bei
dem Hange der gothischen Bauweise, eine unendliche Menge
kleinerer Triebe sich von dem Stamme ablösen und selbstständig ausklingen zu lassen, den gewaltigen Aufschwung in
den Hauptthürmen durch schwächere Vorandeutungen desselben Strebens in der Masse des Bauwerks zu motiviren.
Der Plan des Kölner Domes kann als vortrefflichstes Beispiel
der Erfüllung dieser Wünsche gelten. Mit prächtiger Lebendigkeit streben die Arme des Kreuzes durcheinander; durch
die Mannigfaltigkeit ihrer Fenstergiebel und Nebenthürmchen
den aufwärtsstrebenden Sinn des Ganzen schon verrathend,
schlagen sie im Punkte ihrer Durchkreuzung in eine verei-
nigte höhere Welle zusammen, die schon in der edelsten
Form den Gestaltungstrieb des Ganzen zeigt, und die Belebung der Dachflächen, die bereits durch die Kreuzung begonnen war, fortführt, obgleich vielleicht nicht ganz vollendet.
Diese Kuppel hat eine leichte Excentricität ihrer Stellung gegen den Chorschluss zu, und sie dient selbst als eine vor-
treffliche Motivirung der Hauptthürme, deren plötzliches Auf-
streben ohne sie in dem langen Körper des Gebäudes nicht
hinlänglich vorbereitet scheinen würde. Wie vielfach nun
auch dieser Plan abgeändert werden kann, ein allgemeiner
darin liegender Gedanke scheint uns nothwendig. Man kann
die Bestimmung des Gebäudes, einen innern Raum überwöl-
bend zu umschliessen, nicht mit der andern zusammenfallen
lassen, den grössten Ausdruck strebender Kraft zu geben.
Die Thürme, zur Vertheidigung nach aussen, wie sie denn

5*

zuweilen noch ihren Ursprung aus der Befestigungskunst verrathen, oder zur Hindeutung auf ein höheres Ziel bestimmt, bedürfen einer abgesonderten Stellung, und ihre Aufbauung über dem Kerne des Gebäudes erscheint uns immer widersinnig, sobald sie nicht in die Form einer breiten Kuppelwölbung übergehn. Eben so unpassend aber ist die Errichtung eines einzigen Thurmes über den Hauptportalen; er mag darauf immer fest stehn können, aber er verdeckt und stört die freie Entwicklung der Stirnseite, und überdies ist es ästhetisch unwahr, die grössten aufwärts strebenden Massen auf ein Loch zu gründen.

In der Gestaltung ihrer Werke ist die Baukunst zwar wohl durch einen Zweck bestimmt, ohne dass jedoch in diesem eine nähere Vorbildung der Formen läge, durch die er zu erfüllen wäre. Die lebendige individuelle Gestalt eines Gebäudes ist daher ein ursprüngliches Erzeugniss der Kunst; die Sculptur dagegen findet diese Arbeit von der Natur schon gethan, und hat nur deren schöne Gestalten treu nachzubilden und zum Ausdrucke eines geistigen Inhalts zu verwenden. Allein wer sagt uns, welche Gestalt des menschlichen Körpers schön sei, wenn nicht ein natürlicher oder gebildeter Formensinn, der aus der Menge der vorkommenden Gestalten, also doch nacherschaffend, diejenigen wählt, in denen seine Phantasie die Züge verwirklicht sieht, die er dem Lebendigen geben würde, wenn er im Falle wäre, es gleich Werken der Architectur selbst zu schaffen? So liegt daher auch der Sculptur eine wenn nicht erfindende, doch auffindende und wählende Thätigkeit zu Grunde und sie wird diejenigen Formen darstellen müssen, in denen die Natur selbst jenen Forderungen Genüge thut, die wir an alle Schönheit richten. Gedenken wir zuerst der allgemeinen Gesetze, so werden wir sie hier in der Festhaltung der Formverhältnisse wiederfinden, die allem Lebenden gehören, und diese hat die Kunst in derselben Richtung zu idealisiren, in welcher die Natur selbst sie in ihren edelsten Geschöpfen immer mehr ausbildet. Ein Verständniss der Bedeutung der Glieder ist hier der Kunst eine unentbehrliche Voraussetzung, denn aus ihm, und nicht aus der Erfahrung allein muss sie jenes künstlerische Ideal erzeugen, das mehr ist, als der durchschnittliche richtige Typus einer Gattung. Werfen wir nur einen flüchtigen Blick auf die Reihe der thierischen Geschöpfe, so sehen wir die Ausbildung des Körpers hauptsächlich darauf hinausgehn, die Empfänglichkeit des Geistes für die äussere Welt und die Herrschaft über sie sowohl, als über die kleinere Welt des Leibes selbst nicht nur zu sichern, sondern auch auszudrücken. So tritt aus der unentschiedenen Masse des Körpers immer deutlicher das Haupt, die Hülle des herrschenden Willens in einen gemessenen Gegensatz zu dem übrigen Leibe, weder dumpf in ihn zurückgezogen, wie in Crustaceen, noch allzu beweglich wie bei schwachsinnigen Insekten an fadenförmigem Stiele baumelnd, Festigkeit vielmehr und Freiheit gleichmässig vereinigend. Und diesem Geiste, dessen Sitz es bildet, gehört eine stille und geräuschlose Herrschaft über die Welt, nicht eine solche, die mit grossem Lärm und ungeheurem Aufwande von Mitteln zum Fahnden der äussern Dinge nur die Anstrengung verriethe, die sie machen muss. Deswegen nützt es nichts, sondern es ist hässlich, den Kopf übermässig zu vergrössern; mit dem Zunehmen des Gehirnklosses, den die Seele zu ihren Verrichtungen braucht, nimmt unsere Achtung vor dem Zauber ihrer Gewalt ab; deswegen dürfen nicht glotzende Augen in die Ferne starren, wie in Furcht, dass die Dinge ihnen entlaufen; ruhig unter der Wölbung ihrer Höhlen sind sie vielmehr gewiss, das Fernste dennoch zu beherrschen; und ebenso wird Niemand in der Vergrösserung der Ohren und der Nase einen entscheidenden Ausdruck lebhafter geistiger Empfänglichkeit sehen. Alle diese Organe entkleidet die Natur in ihren höheren Geschöpfen der abenteuerlichen Verlängerungen und Auswüchse, die in den niedern wohl vorkommen, und drängt sie ohne Aufsehn in einen kleinen nicht in die Aussenwelt vorspringenden Raum zusammen. Die ersten Versuche der Sculptur zeichnen sich gewöhnlich durch das Kolossale der Köpfe aus, eine rohe Symbolik; die schöne Kunst der Griechen verkleinerte sie fast unter natürliches Mass und that daran sehr weise. Auch in den Organen der Bewegung verfährt die Natur ähnlich; niederen Geschöpfen gibt sie wohl eine Anzahl von Fangarmen mit Saugnäpfen, Warzen und Wimpern, ohne Knochen und Gelenke einer widerlichen Verdrehbarkeit fähig; aber in den höchsten beschränkt sie diesen Aufwand der Mittel, mindert die Anzahl der Glieder überhaupt, und besonders die der gleichen und ähnlichen, sie verringert jene schlenkernde Beweglichkeit einer zu grossen Anzahl von Gelenken, und lässt diese nur in den Fingern der menschlichen Hand in verkleinertem Massstabe fortbestehn, während sie die Füsse der Insekten noch in vielen zusammenknickenden Theilen bildet. Durch diese Sparsamkeit gewinnt sie den andern schönen Erfolg, die wenigen übrigen Glieder zu grösserer Fülle und Rundung auszudehnen, und so sehen wir Arme und Beine der menschlichen Gestalt bis in ihre äussersten Grenzen von dem warmen Pulse des Lebens durchdrungen, während die dünnen Beine der Insekten uns wie äusserlich angeschnallte Stelzen vorkommen, in deren fadenförmige Dimensionen sich unmöglich eine organisirende Kraft erstrecken könnte. Widerstehn uns aber jene magern Gestalten, wie sie oft die Kindheit der Sculptur, auf den Ausdruck der nothdürftigsten Mittel der Bewegung bedacht, hervorbrachte, so dünken uns nicht minder unschön die Anhäufungen träger Stoffe, die in den Gliedern keinen Trieb der Thätigkeit mehr verrathen. Ich habe nie begriffen, warum die Maler in ihren Christuskindern diese widerliche Massenanhäufung im Zellgewebe der Kinder nachahmen; handelt es sich doch ohnehin hier um ein Kind des Wunders, das der gemeinsten Naturnothwendigkeit der thierischen Oekonomie zu überleben doch wohl angemessen sein würde. Und wären diese

Bildungen noch durchaus naturgetreu! Meistens aber zeigt ja ohnehin das Gesicht einen geistigen Ausdruck, der naturgemäss erst lange später und zu einer Zeit auftritt, wo mit der Entwicklung des Geistes auch die leiblichen Glieder sich in schlankere Formen dehnen. Dieses Verständniss der Organisation nun wird den Künstler bewahren, von den Typen der natürlichen Gattung in solche Gebilde abzuschweifen, wie jene indischen Götzen, die in ihrer Ohnmacht vervielfältigter Arme bedürftig sind, um die Welt zu lenken; aber es wird ausserdem ihm wesentlich nöthig sein zur Erfüllung der zweiten an ihn gerichteten Forderung, auf der Grundlage dieses richtig verstandenen Typus, welchen selbst darzustellen, unter seiner Aufgabe wäre, eine charakteristische, individuelle Schönheit zu entwerfen. Denn hieraus allein vermag er zu beurtheilen, welche Grösse und Fülle, welche besondere Bildungen und eigenthümliche Entwicklungen er den einzelnen Theilen geben darf, ohne aus den Grenzen der Schönheit auszuschweifen, oder welche Züge vorangegangner Uebung, Thätigkeit oder Anstrengung er an seinen Gestalten noch in deutlicher Ausprägung hervortreten lassen darf, ohne sie zu einem Genre herabsinken zu lassen, dessen gemeine Naturwahrheit keine ewige Festhaltung in der Dauer des Steines verdient. Nach solchem Verständniss der menschlichen Gestalt wird er nicht mehr glauben, wie wir in einer neuern Kunstlehre wiederholt finden, dass die Sculptur in dem männlichen Körper ein gleichschenkliches Dreieck anbete, dessen Grundlinie die Schultern, in dem weiblichen eine Ovale, deren grösster Querdurchmesser die Hüften verbindet; er wird vielmehr auch in dieser Formverschiedenheit den geistigeren Gegensatz einer völlig befreiten nach oben strebenden Kraft und einer reizenden Fesselung an die Macht der Schwere erkennen, über deren Gebundensein sich desto geistiger die übrigen Formen des Körpers entwickeln. Wir gehen hier vorüber an Betrachtungen, die auch sonst schon eben so richtig als anregend gemacht worden sind;

die Art, wie die griechische Sculptur für jeden individuellen
Charakter ihrer Götterwelt den wahren und vollendeten leiblichen Ausdruck fand, würde sonst reichen Stoff darbieten,
unsere allgemeinen Bemerkungen ins Einzelne zu verfolgen.
Es bleibt nur noch ein Wort zu sagen über die Handlung,
die Situation, das dritte, was die Sculptur zu leisten hat,
und wozu sie jene typisch individualisirten Gestalten verflicht.

Wir sprechen hier nicht von der geistigen Bedeutung
des Gedankens, den sie darstellen will, sondern nur von
dem, was die charakteristische Aufgabe der Sculptur ist,
von der sinnlichen Ausprägung desselben. Der geistige Gehalt eines Ereignisses bedarf nicht des steinernen Bildes, um
verstanden zu werden; öfter vielmehr dieses der Mitwirkung
der Rede; wollen wir dennoch eine plastische Darstellung,
so ist es weil sie allein uns zeigen kann, wie jene innerli-
che Bedeutung einer Handlung sich in den Umrissen des Körpers verräth. Und hierin liegt nichts Kleines. Denn wie
gern verweilen wir in dem Raume, den eine grosse oder
geliebte Seele geheiligt hat, indem sie in ihm jene tausend
kleinen Anordnungen traf, aus deren Ueberblick auf unberechenbare Weise das volle sprechende Bild ihres Lebens
und Thuns uns entgegentritt? Wie viel mehr werden wir
die Bewegungen des Gemüths angedeutet sehn wollen in jener kleineren Welt des Leibes, in jenem treuen Begleiter
unsers unsterblichen Theiles, der beweglicher und gefügiger
als die äussere Welt, jeder Erschütterung sich anschmiegt,
und jede leise Regung wieder gibt, dessen Wohl und Weh
eben so dem Horizont unsers innern Lebens bestimmte Färbungen gibt, wie jede Bewegung unsers Herzens auf seine
mitfühlende Kraft entladen wird? Deswegen wird die Sculptur entweder das Nackte oder doch solche Verhüllungen bilden, die fähig sind, der Bewegung des Körpers zu folgen
und sie zu verrathen. Sie wird keine solche symmetrische
Stellung wählen, in welcher der Körper in vollständigem
Gleichgewicht ist, sondern wenigstens eine leise Verschie-

bung des Schwerpunkts vorziehen, um an der Dehnung oder Erschlaffung der einen, dem anschwellenden Gegendruck anderer Theile sowohl die Gebundenheit des Körpers unter die allgemeinen Gesetze der Masse, als die sinnige Regsamkeit fühlen zu lassen, mit der er dennoch die Mängel der äussern Umstände ausgleicht. Hierzu reichen die einfachsten Stellungen hin, selbst die völlige Ruhe einer hingegossenen Gestalt wird uns durch die verschiedene Anspannung, Wölbung oder Auflösung der Glieder ein eigenthümliches Gefühl der freundlichen Sympathie erwecken, mit der dieser getreue Leib im Dienste der Seele ihr Leiden und ihre Freude, ihre Erschöpfung und Kräftigkeit theilt. Vielleicht, wenn wir hier recht sehen, liegt es sogar in der Aufgabe der Sculptur, bei so einfachen Situationen stehen zu bleiben; denn darin beruht der geheimnissvolle Zauber der menschlichen Gestalt, dass wir in allen ihren Umrissen die strebenden und mitfühlenden Kräfte empfinden, die dem ganzen inneren Leben der Seele getreu zur Seite stehn; diese unendliche Schönheit der Sinnlichkeit wird uns dagegen überall verkümmert, wo wir den Körper in gewaltsamer Anspannung für ein bestimmtes Ziel thätig sehn, das unbedeutend aus der Ganzheit des Gemüthslebens heraustritt. Deswegen wünschen wir den Statuen wenig Lärm der Handlung und Situation; ein einfaches Spiel mit der Gewandung, in deren Handhabung die Eigenthümlichkeit des Gemüths sich ausdrückt, irgend eine jener einfachen Thätigkeiten des Schmückens und Spielens werden uns viel mehr Gelegenheit geben, die volle Harmonie der Gestalt zu bewundern, als jene Kraftstücke der Ringer, oder des Laokoon, diese unvergleichlichen Sünden der schönsten antiken Sculptur. Verwickelte Gruppirungen und Situationen mischen mehr ein malerisches Princip in die Sculptur, und sie gehören höchstens dem Basrelief, zu dessen Ausbildung in der wesentlichen Aufgabe der Sculptur keine Nöthigung liegt; diese wird nur darauf achten müssen, dass die Stellung der Glieder uns nicht unorgani-

sche, von der Wirkungsweise lebendiger Kräfte undurch-
drungene Figuren darstellt, wie die dreieckigen oder trape-
zoidalen Christuskinder, die man so oft gemalt sieht.

Sehen wir ab von dem begreiflichen Sinne, den ein
Gemälde in seinem Inhalt darstellt, und ebenso von dem
geistigen Hauche einer künstlerischen Conception, welche die
in ihm verborgene Fülle der Schönheit zur Entfaltung bringt,
so bleiben uns sehr wenige allgemeine Regeln der Composition übrig, die wir von der Malerei beobachtet wünschen,
obgleich eine grosse Menge technischer Maximen sich mit
hinlänglicher Allgemeinheit würde ausdrücken lassen. Die
Gestaltung des Hintergrundes übernimmt es in der Malerei,
an die umfassende Weltordnung zu erinnern, in welche der
dargestellte Gegenstand sich einfügt, und der Maler wird
wohl zu beachten haben, ob die Handlung, die er gewählt,
eine sorgsam detaillirte Zeichnung der umgebenden Welt ver-
trägt, oder ob sie genügsam in sich selbst, nur eine der
Localtöne entkleidete Andeutung erfordert; ob ferner die dargestellte Gemüthslage und Leidenschaft wirksamer aus einer
ähnlich gearteten Umgebung motivirt, oder besser mit einem
anders fühlenden Hintergrund in Contrast gestellt werden
kann. Aber auch, wo der Gegenstand noch so sehr eine
Vereinsamung des Schauplatzes und seine Abschliessung von
der übrigen Welt verlangte, wird der Künstler uns doch
nie ohne die Andeutung eines Weges lassen dürfen, der zu
ihr zurückführt, geschähe es auch nur durch einzelne Licht-
strahlen oder Streifen des Himmels, die irgend eine Lücke
mit ihrer tröstlichen Gegenwart füllen. So wie wir im Leben Platz für alle und jede Art unsrer Regsamkeit brauchen,
so gehört, noch ganz abgesehn von den besondern Bedürf-
nissen des jedesmal gewählten Gegenstandes, ein angemes-
senes Verhältniss zwischen den Gestalten und dem leeren
Raume des Schauplatzes auch zu den Nothwendigkeiten der
Kunst; eine Forderung, gegen die so viele neuere und äl-
tere Gemälde fehlen, indem sie z. B. jeden Winkel einer be-

schränkten drückenden Architectur so mit Gestalten füllen, dass man vergeblich fragt, wo die Luft bleibt, die sie respiriren sollen. Ja selbst für die Darstellung einzelner Gestalten würden wir ähnliches wünschen; denn wenige Situationen nur werden für sich so bedeutsam und verständlich sein, dass wir bei ihrem Anblicke nicht auch eine Andeutung des übrigen Lebenskreises und der Umgebungen verlangten, in denen die Gestalt sich sonst bewegt. Aus ihrer Kenntniss erst wird ein genügender poetischer Hintergrund für die Gestalt hervorgehn, ein bedeutungsreicherer, als jene Teppiche und Vorhänge, gegen deren dunklen Grund sich freilich eine sterbende Kleopatra reizend abhebt, die aber doch eigentlich nur dazu dienen, den überflüssigen Raum des Grundes wieder hinwegzuschaffen, und dadurch anzudeuten, dass die ganze Aufgabe, so gefasst, nur der Sculptur gehören würde, die jenen verbindenden Hintergrund nicht kennt.

Verlangen wir nun von der Malerei, dass sie uns auf diesem erinnerungsreichen Grunde lebendige charakteristische Gestalten vorführe, so lässt sich doch weder über ihre Bildung noch über die Anordnung ihrer Stellung Allgemeines sagen. Denn beide hängen zu sehr von dem Sinne des Ereignisses ab, dessen Verflechtung dargestellt wird. Man könnte sich daher höchstens auf jene Gemälde beziehen, die ohne irgend eine hervorstechende Begebenheit zu zeigen, nur den Reiz schöner Körperformen in mannigfaltiger Bewegung zur Anschauung bringen wollen. Allein diese Bilder stehen schwerlich so auf der Höhe der Kunst, wie manche Künstler neuerdings wieder gemeint haben, unbefriedigt von den Gewohnheiten des heutigen Lebens, die dieser nackten Naturschönheit allerdings den Spielraum zu sehr verengen. Sie werden überdies kaum auf einem andern, als auf einem mythologischen Boden gedeihen, der noch anerkannt auch dem vollen Leben zu Grund liegt; denn einestheils wird die nothwendige charakteristische Mannigfaltigkeit der schönen

Körperlichkeit, die hier vor allen Dingen die mangelnde
Tiefe des historischen Geistes ersetzen müsste, nur in den
typischen Gestalten einer Götterwelt zu finden sein; anderseits aber wird die Malerei hierin nur dann beträchtlich
mehr als die Sculptur leisten, wenn sie nicht nur Bewegungen bildet, die wie die statuarischen, in der Welt der Schwere
möglich sind, sondern wenn sie alles mährchenhafte Schweben göttlicher Wesen in sich aufnimmt. Und selbst wenn
sie uns nur im Schwimmen den eigenthümlichen Reiz der
Bewegung in dem weichen Flüssigen versinnlicht, wird sie
wenig leisten, sobald sie uns nur badende Menschen vor-
führt, und nicht das besondere Lebensgefühl dieser Lage in
Nereiden oder Nixen verkörpert. Die Schönheit der Stellungen und Bewegungen im Einzelnen zu beurtheilen, würde
auch dann nur aus dem bestimmten Charakter der einzelnen
Figuren gelingen, und darin freilich war die griechische
Kunst glücklich, dass sie auf ihren Basreliefs, um nur an
eines zu erinnern, schon in den Bacchischen Mythen allein
eine reiche Mannigfaltigkeit von Gestaltengruppen vorfand,
deren jede eine besondere lebendige Weise des Naturgenus-
ses durch eben so charakteristische Bewegungen ausdrücken
konnte. Im Allgemeinen aber dürfen wir wohl nur an die
bekannte Schlangenlinie der Schönheit erinnern, um anzudeuten, wie fruchtlos es sein würde, für die Bewegungen
und Stellungen der einzelnen Gestalten unabhängig von ihrem
Sinne Regeln zu geben.

Soll endlich die Composition unsere dritte Forderung
erfüllen, und die Menge ihrer Gestalten zu einem Ganzen
verbinden, so treffen hier die allgemeinen Züge der poetischen Wahrheit des Inhalts besser mit den formellen Bedingungen zusammen, die wir aufstellen können. Sobald es
sich um Ereignisse von grösserer Wichtigkeit handelt, verlangt der anschauende Blick auch eine Mehrheit verbundener
Gestalten. Selbst wenn die darzustellende Begebenheit ohne
ihre Mitwirkung begreiflich ist, bedürfen wir doch einer An-

deutung darüber, wie das Ereigniss in der übrigen Welt fortwirkt, für die es nicht verloren ist; und wie sein Sinn und seine Bedeutung von verschiedenen Charakteren vielfach abweichend aufgefasst und wiedergegeben wird. Dies ist nicht nur eine Erleichterung für die Erschütterung unsers eignen Gemüths, das von einer Fülle sich durchklingender Empfindungen bewegt, gern diese an fremden anschaulichen Gestalten ausgeprägt sich gegenübertreten sieht, sondern es gehört zur Wahrheit der Ereignisse selbst, die nicht im leeren Raume geschehen. Verführt durch Vorliebe für eine falsche Einfachheit hat weniger die Malerei, desto öfter aber die Dichtkunst übersehen, dass in einem Kunstwerke es allerdings auch eine füllende Folie geben muss, die mit der Haupthandlung nicht auf unlösbare Weise verbunden ist, sondern für diese zufällig, doch dem Eindruck des Ganzen nothwendig ist. Und so haben wir über manche dramatische Arbeiten zu klagen, nach deren Anlage man annehmen müsste, dass Gott nach einem seltsamen Sparsamkeitsprincipe nur genau so viel Personen in die Welt gesetzt habe, als nöthig sind, um durch Verwicklung ihrer Beziehungen eine Katastrophe unter sich einzuleiten, an der sonst Niemand einigen Antheil nimmt, weil eben Niemand weiter da ist. Wie ganz anders hat Shakspeares gewaltiger Geist die grossen Schicksale mit einem unerschöpflichen Reichthum von Nebenereignissen und untergeordneten Gestalten umflochten, mit einer Welt, von deren mannigfacher charakteristischer Empfänglichkeit jene Geschicke auf tausendfach verschiedene Weise beleuchtet zurückstrahlen, und an deren ungestörter Fortdauer sie nach ihrem Vorüberrauschen noch weitgehende und umfassende Nachwirkungen zurücklassen! — Versuchen wir nun, für die Anordnung dieser Gestaltenfülle Gesichtspunkte aufzustellen, die von der besondern Natur des dargestellten Inhalts unabhängig sind, so begegnen wir zuerst jener pyramidalen Gruppirung, die man sonst als unverbrüchliches Gesetz der Composition betrachtete. Verbin-

det man mit ihr den Sinn, dass die Hauptfigur oder Haupt-
gruppe überall den Mittelpunkt des Gemäldes einnehmen
solle, so dürfen wir wohl entschieden widersprechen. Wie
in der Landschaftsmalerei, so auch hier ist diese Stellung
allzu berechnet und absichtlich; gern geben wir zu, dass
sie angewandt sei bei vielen kirchlichen Gemälden, die
uns geradezu dem Himmlischen gegenüberstellen, uns also
in den Mittelpunkt der Welt blicken lassen; aber profane
Darstellungen werden durch eine Excentricität ihrer Haupt-
figuren besser die historische Natürlichkeit andeuten, durch
welche diese in irgend ein Bruchstück der Welt gesetzt worden sind. Noch weniger können wir eine symmetrische
dreieckige Zuspitzung der Gestalten nach oben und nach der
Mitte des Bildes schön finden; gebieterisch schiene dann
vielmehr das Auge noch zwei entsprechende obwohl sich
minder erhebende Anfüllungen der Seitentheile zu verlangen.
So kämen wir auf eine Dreiheit von Gruppen, die wir nun
in der That als einen wirksamen Bestandtheil sehr vieler
schöner Gemälde vorfinden, ohne freilich an sie als eine
nicht überschreitbare Zahl die Composition binden zu wollen. In dem allgemeinen Charakter der meisten Handlungen,
die überhaupt grössere Gestaltenfülle fordern und vertragen,
liegen aber einige Züge, die auf diese Dreiheit vorzugsweise
hindeuten. Denn meistens wird die dramatische Kraft einer
Situation darauf beruhen, dass zwischen zwei entgegengesetzte Gewalten ein Drittes eintritt, sei es als Opfer ihres
Streits, oder als versöhnende Mitte, Wirkungen von beiden
Seiten empfangend, oder sie auf verschiedene Empfänglich-
keiten ausstrahlend. Selten dagegen wird der Contrast zweier
Gruppen allein dargestellt schön sein, wo nicht das gemein-
same Ziel, nach dem sie streben, oder das Erzeugniss ihres
Kampfes, von dem sie sich wegwenden, ebenfalls in an-
schaulicher Gestalt uns vor Augen tritt. Diese dem Sinne
entlehnte Gruppirung, einer gleichgiltigen Umschliessung durch
unentschiedne Gestalten noch fähig, bedarf natürlich keiner

geometrischen Abgemessenheit der Stellungen; hier ist vielmehr nur darauf zu achten, dass die Menge der Figuren in
einzelne Gruppen und Massen gesondert deutlich heraustrete,
und dann eben so sehr, dass diese einzelnen Gruppen nicht
verbindungslos gelassen werden, sondern durch bewegte Gestalten in die ihrem Sinne zukommende Verknüpfung gesetzt
werden. Die Malerei hat hier eine ähnliche Klippe zu vermeiden, wie wir früher eine der Architectur drohen sahen.
Sie soll nämlich nicht eine Menge von Gestalten hinstellen,
in denen zwar der Eindruck eines Ereignisses sich auf höchst
mannigfache, aber doch vereinzelte Weise ausspricht. Nicht
neben der andern soll jede Gestalt für sich und nur in ihrer Weise die Gemüthserschütterung zeigen, in welche sie
das Ereigniss versetzt, als wären eben so viele, nur verschieden gefärbte Gläser symmetrisch aufgepflanzt, um das
Bild eines Lichtes zu reflectiren; vielmehr müssen einzelne
von ihnen die Mittelpunkte kleinerer Katastrophen bilden, um
welche die andern in lebendiger Theilnahme sich bemühen,
ohne dadurch von ihrer gemeinsamen Beziehung auf den
Sinn des Ganzen abgewandt zu werden. Hierdurch wird
nicht allein an die Stelle monotoner Stellungen eine dramatische Lebendigkeit der Zeichnung treten, sondern auch die
Wahrheit des Gegenstandes wird gewinnen, denn durch diese
Zusammenhänge der unbedeutenderen Gestalten mit denen,
auf welche die Bedeutung des Ereignisses zunächst fällt,
wird ihre Gegenwart überhaupt begründeter erscheinen. Ohne
diese Hilfe einer Schöpfung untergeordneter Centra würde
es, obwohl sie hier weniger bestimmt hervortreten, Leonardo
da Vinci kaum gelungen sein, aus dem in Bezug auf Anordnung der Gestalten so ungünstigen Gedanken des Abend-
mahls das zu bilden, was wir in seinem Gemälde bewundern.

Hat es uns nun in unsern bisherigen Betrachtungen schon
oft verlockt, von den abstracten und armen Kunstbedingun-

gen abzuschweifen; deren wir gedenken wollten, und den schönen Inhalt der Kunstwelt mit in den Kreis unserer Ue-berlegungen zu ziehn, so würde dies noch mehr im Gebiete der Poesie der Fall sein. Wir schliessen daher hier diese Abhandlung, deren Zweck, die Wirksamkeit dieses Kreises ganz formaler Bedingungen der Kunstschönheit zu zeigen, vielleicht nicht ganz verfehlt ist und freuen uns bei einer andern Gelegenheit auf jene inhaltsvollen Ideen einer künst-lerisch durchgeistigten Weltansicht einzugehn, deren leben-diger Hauch freilich erst dieses starre Gerüst von Formen mit blühender Schönheit zu überkleiden vermag.

Druck von E. A. Huth in Göttingen.